柏

幽雅阅读 ⑪

人间要好诗

唐宋诗百句

胡晓明 著

北京大学出版社
PEKING UNIVERSITY PRESS

图书在版编目（CIP）数据

人间要好诗：唐宋诗百句 / 胡晓明著 . — 北京：北京大学出版社，2020.3
（未名·幽雅阅读）
ISBN 978-7-301-31088-5

Ⅰ . ①人… Ⅱ . ①胡… Ⅲ . ①唐宋词—鉴赏 Ⅳ . ① I207.23

中国版本图书馆 CIP 数据核字 (2020) 第 005969 号

书　　名　人间要好诗：唐宋诗百句
　　　　　REN JIAN YAO HAO SHI：TANG SONG SHI BAI JU
著作责任者　胡晓明 著
策划编辑　杨书澜
责任编辑　魏冬峰
标准书号　ISBN 978-7-301-31088-5
出版发行　北京大学出版社
地　　址　北京市海淀区成府路 205 号　100871
网　　址　http://www.pup.cn　新浪微博：@ 北京大学出版社
电子信箱　zpup@pup.cn
电　　话　邮购部 010-62752015　发行部 010-62750672　编辑部 010-62752824
印 刷 者　北京中科印刷有限公司
经 销 者　新华书店
　　　　　787 毫米 ×1092 毫米　A5　11.25 印张　178 千字
　　　　　2020 年 3 月第 1 版　2024 年 5 月第 2 次印刷
定　　价　108.00 元

总序

幽雅阅读

北京大学副校长　吴志攀

一杯清茶、一本好书，让神情安静，寻得好心情。

躁动的时代，要寻得身心安静，真不容易；加速周转的生活，要保持一副好心情，也很难。物质生活质量比以前提高了，精神生活质量呢？不一定随物质生活提高而同步增长。住房的面积大了，人的心胸不一定开阔。

保持一个好心情，不是可用钱买到的。即便有了好心情，也难以像食品那样冷藏保鲜。每一个人都有自己高兴的方法：在北方春日温暖的阳光下，坐在山村的家门口晒晒太阳；在城里街边的咖啡店，与朋友们喝点东西，天南地北聊聊；精心选一盘江南丝竹调，用高音质音响放出美好乐曲；人人都回家的周末，小孩子在忙功课，妻子边翻报纸边看电视，我倒一杯清茶，看一本好书，享受幽雅阅读时光。

离家不远处，有一书店。店里的书的品位，比较适合学校教书者购买。现在的书，比我读大学时多多了；书的装帧，也比过去更讲究了；印书的用纸，比过去好像也白净了许多。能称得上好书者，却依然不多。一般的书，是买回家的，好书是“淘”回家的。

何谓要“淘”的好书？仁者见仁，智者见智。依我之管见，书者，拿在手上，只需读过几行，便会感到安稳，心情如平静湖面上无声滑翔的白鹭，安详自在。好书者，乃人类精神的安慰剂，好心情保健的灵丹妙药。

在笔者案头上，有一本《水远山长：汉字清幽的意境》，称得上好书。它是“幽雅阅读”丛书中的一本，作者是台湾文人杨振良。杨先生祖籍广东平远，2004 年猴年是他 48 岁的本命年。台湾没有经过大陆的“文革”，中国传统文化在杨先生这一代人知识与经验的积累中一直传承下来，没有中断，不需接续。

台湾东海岸的花莲，多年前我曾到访过那里：青山绿水，花香鸟鸣。作者在如此幽静的大自然中写作，中国文字的诗之意境，词之意趣，便融入如画的自然中去了。初读这本书的简体字书稿，意绪不觉随着文字，被带到山幽水静之中。

策划这套书的杨书澜女士邀我作序，对我来说是一个机缘，步入这套精美的丛书之中，享受作者用情感文字搭建的“幽雅阅读”想象空间。这套书包括中国的瓷器、书法、国画、建筑、园林、家具、服饰、乐器等多种，每种书都传达出独特的安逸氛围。但整套书之间，又相互融合。通览下来，如江河流水，汇集于中国古代艺术的大海。

笔者不是中国艺术方面的专家，更不具东方美学专长，只是这类书籍不可救药的一位痴心读者。这类好书对于我，如鱼与水、鸟与林、树与土、云与天。在生活中，我如果离开东方艺术读物，便会感到窒息。

中国传统艺术中的诗、书、画、房、园林、服饰、家具，小如“核舟”之精微，细如纸张般的景德镇薄胎瓷，久远如敦煌经卷上唐墨的光泽，幽静如杭州杨公堤畔刘庄竹林中的读书楼，一切都充满着神秘与含蓄之美。

几千年来古人留下的文化，使中国人有深刻的悟性，有独特的表达，看问题有特别的视角，有不同于西方人的简约。中国人有东方的人文精神，有自己的艺术抽象，有自己的文明源流，也有和谐的生活方式。西方人虽然在自然科学领域，在明清时代超过了中国。但是，他们在工业社会和后现代化社会，依然不能离开宗教而获得精神的安慰。中国人从古至今，不依靠宗教而在文化艺术中获得精神安慰和灵魂升华。通过这些可物化可视觉的幽雅文化，并将它们融入日常生活，这是中国文化的艺术魅力。

难道不是这样吗？看看这套书中介绍的中国家具，既可以使用，又可以作为观赏艺术，其中还有东西南北的民间故事。明代家具已成文物，不仅历史长，而且工艺造型独特。今天的仿制品，虽几可乱真，但在行家眼里，依然无法超越古代匠人的手艺。现代的人是用手做的，古代的人是用心做的。当今高档商品房小区，造出了假山和溪水，让居民在窗口或阳台上感受到“小桥流水人家”，但是，远在历史中的诗情画意是用精神感悟出来的意境，都市里的人难以重见。

现代中国人的服饰水平，有时也会超过巴黎。但是，超过了又怎样呢？日本人的服装设计据说已赶上法国，韩国人超过了意大利。但是，中国服装特有的和谐，内在的韵律，飘逸的衣袖，恬静的配色，难以用评论家的语言来解释，只能够“花欲解语还多事，石不能言最可人”。

在实现现代化的进程中，我们千万不要忽视了自己的文化。年近花甲的韩国友人对笔者说，他解释中国的文化是“所有该有的东西都有的文化”，美国文化是“一些该有的东西却没有的文化”。笔者联想到这套“幽雅阅读”丛书，不就是对中国千年文化遗产的一种传播吗？感谢作者，也感谢编辑，更感谢留给我们丰富文化的祖先。

阅读好书，可以给你我一片幽雅安静的天地，还可以给你我一个好心情。

2004年12月8日于北大蓝旗营

唐诗与中国文化精神（代序）

两个老先生和两个禅师

很多年前，华东师大的施蛰存老先生招考研究生时出了一道题目："什么是唐诗？"这是一个有意味的问题。唐诗是一个美好的词语。汉语中有很多美好的词语。比如长江、黄河，黄山、长城等。唐诗也是汉语中最美好的词语之一。我们提起唐诗，就有一种齿颊生香的感觉。唐诗只是风花雪月么？只是文学遗产么？只是语言艺术么？当然是的，可是我们又总觉得不够。我们仅从风花雪月去看唐诗，或许表明我们的人生可能太功利了。我们仅从语言艺术和文学遗产去看唐诗，又可能把唐诗看得太专业了。唐诗还可不可以指向一些更远更大的东西？

唐代有兼容并包的文化精神（丝绸之路，以长安为中心，西至罗马，东至东京。各种宗教，和平共处），有世界主义的文化精神（国力极强盛，版图辽阔，经济发达。文化既大胆拿来，又从容送去，元气淋漓、色彩瑰丽），有继承创新的文化精神（秦汉帝国的文化格局，南北朝职官、府兵、刑律等），教科书上似乎只有这些才是唐诗的文化精神。不是说这些不重要，然而谈到唐诗的文化精神，就只能是“遥想汉唐多少宏放”，我觉得这似乎是一个成见。今天我们先不从这些大地方讲起，诗歌毕竟是关于心灵的事情，我们从唐诗的心灵世界讲起。不是说这些不重要，而是心灵性才更是唐诗幽深处的文化精神。

我常讲诗歌，也常常想起杭州的西湖边上，花港观鱼的旁边，曾经住着近代的老先生、仙风道骨的诗人马一浮先生。马先生说，诗是什么呢？马先生有四句话说得好：诗其实就是（人的生命）“如迷忽觉，如梦忽醒，如仆者之起，如病者之苏”。后来叶嘉莹教授说，这是关于诗的最精彩的一句定义了。诗就是人心的苏醒，是离我们心灵本身最近的事情；是从平庸、浮华与困顿中，醒过来见到自己的真身。我们为什么说仅仅从风花雪月、语言艺术、文学遗产、汉唐气象等来读唐诗，总觉得不够呢，那是因为隔了

［明］项圣谟《王维诗意图册》，上海博物馆藏

潛鱗自無餌
林鳥不曾驚

一层，没有醒过来跟自己的真身相见。

这似乎有点玄了。有没有真身，这本身就是一个值得进一步论证的事情。但是我这里姑且将它作一个比喻：人生有很多幻身、化身，真身是这当中比较有力量、自己也比较爱之惜之的那个自我，而且是直觉的美好。我又想起古代有两个禅师有一天讨论问题，第一个禅师说了一大套关于天地宇宙是什么的道理，轮到第二个禅师时，他忽然看到池子里边有一株荷花开了，就说了一句："时人见此一枝花，如梦相似。"我们读唐诗，似懂非懂、似问似答之间，正是"见此一枝花，如梦相似"。因为读诗是与新鲜的感性的经验的接触，多读诗，就是多与新鲜的感性的经验相接触、相释放，就像看花。也因为读诗读到会心，又恍然好像古人是我们的梦中人，我们是古人的前世今生。

我只举一个小例子，我十五岁离开家去当工人的时候，心里只是想家呀，沛然莫之能御。有一天读一首小小的唐诗：

日暮苍山远，天寒白屋贫。柴门闻犬吠，风雪夜归人。

我忽然就觉得，那个大风大雪中，快要回到家中的夜归人，就是我自己的背影啊。心里一下子有说不出的温暖与感动。为什么唐诗会这样呢，我想这是因为唐诗表达了我们古今相通的人性，而且是用永远新鲜的感性的经验来表达。所以唐诗一方面是永恒的人性，另一方面又永远是感性的、新鲜的。而这个古今相通的人性，恰恰正是中国文化内心深处的梦。我想我们中国文化做梦做得最深最美的地方，就是古今相通的人性精神。永远的风花雪月背后，是永远的人性世界。

具体而言，唐诗中所表现的中国文化的人性精神，可以从哪几个方面来谈？我先把结论写在下面，然后再来一个一个证明。

1. 尽气、尽才的精神

2. 尽心、尽情的精神

人生要有尽气、尽才，不舍弃的精神

《尚书》有一句老话：人为万物之灵。它表明人的生命是天地间最美好的事物。这是古老的中国文化的一项重要发现。《诗经》里有句诗："夙兴夜寐，毋忝尔所生。"意思是说早晨起来，晚上睡下，都要想想，是不是对得起自己的生命。《尚书》《诗经》这两句话联系起来表明，如果没有古代先民对于人的生命美好的发现，就不会有这样的对于生命美好的爱惜。像一个爱清洁的人家，每天都窗明几净、开开心心地生活。《诗经》还有一首诗很重要："天生烝民，有物有则。民之秉彝，好是懿德。"孔子曾说："为此诗者，其知道乎？"(《孟子》)表明这是中国文化思想核心价值的一个重要表达。我们简单说，《诗经》这句话有这样几个意思：一、人是宇宙的善意的创造（天生烝民，有物有则）。二、生命是生来美好、高贵、不可贬抑的（有则［品格］、秉彝［常道］)。三、人在世的意义，正是善待生命的美好，充分发挥自己的聪明才智，以不负此生、不虚此生（好是懿德）。四、无论如何艰难困顿，人生永不舍弃。这四个意思，归结为"人为万物之灵"这样一个古老的信念。

为什么讲唐诗要讲到这里呢？我们说唐诗里头有一个主要的声音，是说人在这个世界里要善待自己，要不负此生，不虚此生，这是我的一个直觉。我们从简单的常识讲，以诗仙李白为例子。我常常想，中国文化中有李白这个词，真是一个美妙的亮点。有点像美国文化里的自由女神，法兰西文化里的马赛曲。如果说别人尽十分气、十分才，即是尽气尽才的生命，而李白是尽二十分、三十分。根据我的理解，李白一生，集书生、侠客、神仙、道士、公子、顽童、流浪汉、酒徒、诗人于一身（日本学者还说他是官方的间谍），超量付出了才与气，尽管如此，他还要拉住太阳，"羲和、羲和，汝奚汩没于荒淫之波！"尽才尽气的表现，现代人的说法就是自由。自由有两种，一是积极自由，即充分实现自己生命的美好。二是消极自由，即不受外来力量的束缚。积极自由在李白身上，好像有光有热要燃烧，有不能已的生命力。这里有两个原因，一个是他身上的西域文化因素，热烈、奔放、浪漫、沛然莫之能御。“明月出天山，苍茫云海间。长风几万里，吹度玉门关。”这首小诗有一个秘密：天山以西，是他美好生命的发源之地。另一个因素是中国传统文化尤其是道家自由超越精神对他的影响，功成身退，永忆江湖归白发。他仍然是中国文化之子。李白的消极自由表现在鄙弃权贵、笑傲王侯，“天子呼来不上船，自称臣是酒中仙”，“安能摧眉折腰事权贵，使我不得开心颜”，他是中国知识人中，最能自尊自爱、最不受拘限的一个典型。李白这个词，几乎成为真正的文人自爱的一个美好的理想。我的朋友邓小军教授写文章，说李诗有一个意象系统，即太阳、月亮、长江、黄河，有日月经天、江河行地之美。他把他的生命、才情，挥洒到那上面去了。他连普通的离别送别，都要写到天上去。

杜甫是一个厚字，结实扎根在地上。他最后死在回中原的船上，伏在船上写诗说：“战血流依旧，军声动至今。”中国唐代诗学的两座主峰，一个是天的精神，一个是大地的精神，真实做人、积极用世，不管他们有没有建立了什么功业，他们的生命是活得有声有色、有光有热的。但是对于他们的时代、社会，他们是尽心、尽气、尽才的。他们并没有从他们的时代得到什么，他们的时代却因为他们的存在而伟大。

唐代第二线的大诗人韩愈、柳宗元、白居易、李商隐、杜牧等，都是做人做事有担当，有作为的。韩愈一生最精彩的是谏佛骨，苏东坡说他是文起八代之衰，道济天下之溺。在举世滔滔的佞佛大潮中，障百川而东之，挽狂澜于既倒。柳宗元一生最突出的是参与王叔文集团的政治革新，被贬谪的后半生不屈身降志，又做出了影响深远的政绩。白居易的最亮点是领导了中唐的新乐府运动，“唯歌生民病，愿得天子知”。让诗歌文学产生社会良心的作用，深刻影响了后世中国文学。李商隐与杜牧都是博学多识、才华盖世的士人，不仅仅是诗人。正是他们压抑的才华得不到实现，才成全了他们美丽的诗歌。某种意义上说，他们的诗歌正是他们不负此生、不虚此生的证明。所以我们可以说，唐代第一流的诗人，个个都是要拿出自己生命的美好，要做一点事情，都是想要让自己的才智充分得到表现的。

有关唐诗学的一些关键词，譬如盛唐气象、兴寄风骨、诗赋取士、诗史精神、歌诗合为事而作、讽谏诗等，都指向刚健有为、对社会负责、以天下有道的关怀，做到不负此生、不虚此生的时代精神。这些关键词正可以简明有力地代表唐诗的基本精神。我看唐代人对唐代人的诗歌评论，也是推崇尽气的精神，譬如盛唐诗人任华《寄李白》：“古来文章有能奔逸气，耸高格，清人心神，惊人魂魄，我闻当今有李白。”可见我们不是无根据的。白居易说：“天意君须会，人间要好诗。”高度概括了这种时代精神，表明：好诗是天意之所在，天意之肯定。这是一整个要好诗的时代。诗人最懂得这个道理，他们是要让天下都成为美好的诗。

这就要说到隐士，说到佛道。有人会说：隐士和佛道，不就是舍离人生、不发光不发热么？这个问题很大，我只能简单说。先说隐士，其实唐代的隐士与后来的还是有区别的。唐代的隐士，是布衣入仕前的等待，也是读书人得第后或罢官后选官的等待。所谓隐士，仅仅意味着此人没有功名，不像宋以后的隐士，根本不参加考试，不求功名，甚至甘心使自己默默无闻，老死无人知道。所以唐代的隐士，无非是等待入仕的一种生活准备。再说佛教。佛教应该分开看，它的社会影响是消极的，负面的，而它的人文意义却是积极的，正面的。譬如高高山顶立，深深海底行。一日不作，一日不食。寒时，寒杀阇黎，热时，热杀阇黎。非常刚健、积极。莲花的喻象更是这样。禅宗是很有自主性的。王维佞佛，但也写过“大漠孤烟直，长河落日圆”这样雄浑刚健的边塞诗，没有人说王维会贬抑自己的生命。更重要的是他的那些田园诗，也是围绕着人心美好的体验。佛家与道家，在诗歌中不仅不是舍弃生命的，而且还是增加生命的美好的。只不过是从另外的方面来勉励生命。道家的超越精神与佛家的清洁境界，完全是

《唐诗选画本》，日本宽政、文化、天保间刻本

天門中斷楚江開
碧水東流至北迴
兩岸青山相對出
孤帆一片日邊來
李白

创造性的。说佛教和道家是否定生命，这是一个很大的误解。没有了佛家和道家，中国的文化精神就不完整。

这就要说到晚唐。大家会问：你说的是盛唐精神，那么晚唐呢？不是都有点气脉衰败了吗？如果是跟盛唐比，晚唐是不够尽气了。但是不要忘记，晚唐诗人把尽才的生命精神突出出来了。上学期我去复旦大学参加杨明教授指导的博士论文答辩会，有一博士生写晚唐诗的论文，提出晚唐诗人有一种诗歌写作的崇拜，中国文学史上著名的苦吟诗风，就是从那里出来的。他认为苦吟就是从原先的以写诗为手段（科举功名），变成了以写诗自身为目的（为写诗而写诗）。这样就可以更充分、更纯粹地从写诗的精神创造活动中，展现才华，得到精神生命的安顿。所以，依我的观点看，晚唐尽才的诗歌崇拜，骨子里是盛唐尽气的诗歌精神的转化形式。王建说“唯有好诗名字出，倍教少年损心神”，白居易说的“天意君须会，人间要好诗”，到了晚唐，好诗才成为一种可以使人终身赴之、类似于宗教信仰一样的美好追求。所以，从初盛唐尽气的生命到中晚唐尽才尽情的生命精神，其实仍然是善待生命、高扬人性美好，不负此生、不虚此生的文化精神的表现。如果没有中国文化的这个人性亮色的底子，就不会有唐诗的这种表现。所以，我主张唐诗背后有一个秘密，有一种很深的精神气质，就是尽气尽才的精神，就是不负此生、不虚此生的时代集体意识。如果有谁敢说自己的生命是不负此生、不虚此生，用中国文化的说法，我们就可以说他是得了唐诗的真精神。

现在我们来读读那些千年传诵的名句吧。我们看诗人动不动就说“秦时明月汉时关”，动不动就说“万里长征人未还”，动不动就说“男儿何不带吴钩？收取关山五十州”，动不动就说“为言地尽天还尽，行到安西更向西！”我们发现唐诗的世界大得很，力量充沛得很，精神豪迈得很。初盛唐的人要是失恋了，痛苦了，说一句“莫愁前路无知己，天下谁人不识君？”就会洒然一笑，心情好起来了。要是暂时经过苦难，重新克服了困境，就会说：“两岸猿声啼不住，轻舟已过万重山！”就会对前途重新有希望。诗人要是曾经被打败，曾经受大挫折，后来又东山再起，拨云见雾，就会说：“种桃道士归何处？前度刘郎又重来！”心里充满自豪的感情。诗人被压得喘不过气了，他就会有这样的诗：“仰天大笑出门去，我辈岂是蓬蒿人！”唐人心里看不惯有些小人得势，说的“尔曹身与名俱灭，不废江河万古流”是唐诗中骂人最厉害的一句话，骂得很有力量，以历史时间作尺度，眼界十分开阔。唐诗是可以提升人的人格，振作生命的活气的。读到不少唐诗，真的就是“忽如一夜东风来，千树万树梨花开”，心花怒放的感觉。这也是我们喜欢唐诗的一个原因。叶嘉莹教授接着马一浮先生的话说，诗歌是一种生生不息的不死的心灵。这也是唐诗是不死的心灵的一个原因。唐诗中常常提到大江大河、高山平原，因为唐诗主要是中国北方文化发展到极盛时期的诗，要写就写高山大河。所以宋词多半是小桥流水，唐诗多半是高山大河。中国文学写高山大河写得最好的作品，我敢说至今没有超过唐诗。比如“两岸青山相对出，孤帆一片日边来”，比如“青山一道同云雨，明月何曾是两乡”，比如“白日依山尽”“大漠孤烟直”“黄河之水天上来，奔流到海不复回”，比如“孤帆远影碧空尽，唯见长江天际流”，比如“无边落木萧萧下，不尽长江滚滚来”，都力量充沛得很，生命强健得很。长江、黄河、高山、大川、太阳、月亮，唐诗就是想来一个惊天动地，就是想贯通宇宙生命之气。“城阙辅三秦，风烟望五津”，这个风烟，大气得不得了。又“蜀道之难难于上青天”“天姥连天向天横”，这个“上青天”“向天横”都是直上直下将人的生命与宇宙生命相贯通。盛唐诗人、宰相张说大书诗人王湾的诗于政事堂：“海日生残夜，江春入旧年。”正是代表唐人的审美意识：天地之大美、自然之伟观。黎明、春天、新年，一齐来到人间，使人间成为美好的存在。“生”字、“入”字，热情奔放，生命化的大自然。天行健，刚健、积极有为，迎向清新与博大。有些看起来很平常、很安静的诗，也有一种有天有地、贯通宇宙的元气之美。比如“行到水穷处，坐看云起时”，那个“水穷处”，通往那个“云起时”，都是宇宙生生不息的气脉。“岱宗夫如何？齐鲁青未了”，这“青未了”三个字，不正是生生不息的春色无边无际地流淌么？有个诗人有一天晚上突然睡不着觉了，觉得身子很暖和，原来是经过了一个冬天，地气开始回暖了，于是他写诗说：“今夜偏知春气暖，虫声新透绿窗纱。”你们看，诗人的生命节奏感通着宇宙的生命节奏。老杜有一句诗：“四更山吐月，残夜水明楼。”后代的诗人特别喜欢。那是安史之乱后黑暗的唐朝社会，一个无月的黑夜，诗人忧心如焚，彻夜不眠，忽然，窗外那黑黝黝的山嘴里，一下子吐出了一颗晶莹的明月，月色之中，楼外的水池也波光粼粼，明亮起来了，诗人的心境也由忧苦而惊喜，充满了对天意默默的感动。杜甫有诗句“两个黄鹂鸣翠柳，一行白鹭上青天”，这里的文字，小孩子都懂得，平凡得不得了，但是读起来舒服极了，通透极了，有一种生命与宇宙透气的感觉。杜甫还有一首绝句：“黄四娘家花满蹊，千朵万朵压枝低。留连戏蝶时时舞，自在娇莺恰恰啼。”一种生意盎然之美，一种随处生春之美，读久了就觉得生命很亮丽，很新鲜，活泼有力，使我们想起一位美国诗人的诗句：“笑吗，这世界将和你一起笑！哭呢，你只好一个人去哭喽！”有一些表面上看起来有些感伤的诗，实际上骨子里生命的力量依然充沛得很。比如柳宗元的《江雪》：“千山鸟飞绝，万径人踪灭”，那么是不是宇宙就死掉了呢？没有，“孤舟蓑笠翁，独钓寒江雪”，越是雪大风寒，越是千山万径，越显得那个钓鱼的渔翁，生命力十分强健。又如孟浩然的《春晓》：“春眠不觉晓，处处闻啼鸟。夜来风雨声，花落知多少？”听起来诗人好感伤呀，怜香惜玉的样子，但你没有读懂：你想一下诗人半夜里被风雨声惊醒，但清晨又是一个好天气，又是一个春光明媚，他也又是一个好心情，躺在被窝里，听叽叽喳喳鸟儿窗前啼叫，阳光透过窗格儿满满地洒进来，好不开心？那些风风雨雨、雨雨风风，总会过去，而人类社会、宇宙自然，正是这样在风风雨雨、花开花落中，永恒地往前生长、往前发展，任何东西也阻挡不了生命的生长。小小的一首唐诗，一共才不过二十个字，说的竟然是这样有益于人生、有益于生命的道理，敞开的竟然是这样一个无限的世界，你能说唐诗不是一个不死的心灵么？唐诗难道不正是这样表达了中国文化青春少年的梦么？唐诗是早晨，是少年，不是下午茶。下午茶的精神是反省的、回味的、沉思的、分析式的，要不停想问题的，而早晨是不提问题的、不分析的、不反省的，早晨是登山则情满于山，观海则意溢于海，是清新的样子，是神采飞扬。如果要让我们的老大民族在千年长途的风霜满面中有少年精神，在朝九晚五的风尘仆仆中有做梦的机会，那么就让我们的下一代多读唐诗吧！

唐诗中积极进取、蓬勃向上的生命精神，不仅来自国力、开放等时代气象，而且来自开明、先进的政治文化，即科举、尚贤、纳谏。“进士致身卿相为社会心理群趋之鹄的。”这跟科举考试有很大的关系，跟汉魏以来中国古代知识人的地位大幅度上升有很大的关系，跟全社会崇尚诗歌、崇尚人文、崇尚美有很大的关系，这是中国文化的复兴之象。只有这样的时代，才会有尽气的精神突出表现，只有社会上有一种尽理尽心的气象，文学上才会有尽才尽气的表现。

我们今天似乎特别缺少英雄主义了，特别缺少提澌生命的真实力量了。这跟我们对人性的看法有关。现代以来，科学主义将人性不当回事，认为那只不过是DNA的合成。科学的傲慢加上消费主义的物化浪潮，人性这个东西，要么零散化，成为没有理性构架、没有主心骨、没有人格意识的拼贴；要么空洞化，成为没有真实内容、真实需求的虚无主义；要么幽暗化，成为一团人欲物欲；要么游戏化，成为一种商业性大众化的表演。现代性主张人是经济动物，是潜意识盲动与升华的结果，是宇宙中的过客。这些问题很大，我今天不可能讨论现代思想的利弊，但有了对现代思想的反思与怀疑作为参照，也会成为我们读唐诗的一个背景，使我们懂得珍惜，懂得引申发扬。

《唐诗选画本》，日本宽政、文化、天保间刻本

人心与人心相通，人性与人性照面，尽心尽情的精神。

在历代传诵的唐诗中，我们发现，有些诗歌简直没有办法说出它的美妙。清代的诗人王闿运曾说过：辞章知难作易。有的诗歌冲口而出，自成天籁，自成绝响。譬如李白的《静夜思》：“床前明月光，疑是地上霜。举头望明月，低头思故乡。”诗人一低头一抬头，随口吟来，即成永恒。你能说出这里面的好来么？其实这样的诗歌，背后的深厚底蕴正是中国文化的人性精神。一个是永恒的情思，一个是刹那的感动，又新鲜又古老，又简单又厚实。依中国文化的古老观念，人心与人心不是隔绝不通的。诗三百，一言以蔽之，思无邪也。无邪就是诚，就是人性与人性的照面。心与心之间，被巧语、算计、利害、物欲等隔开，都是不诚。孔子说“兴于诗”，就是从诗歌开发人性人心的根本。孔子又说：不读周南召南，犹正墙面而立。一个人对着墙面而立，就是隔，就是将自己的心封闭起来。孔子主张的仁，就是人心与人心的相通。尽心尽情的精神，就是人心与人心的相通，人性与人性的照面。这成为中国文化的一个基石，也成为中国文化千年的一个梦。

我观看唐代的音乐俑、舞蹈俑，感觉到乐者、舞者非常投入，非常用心，好像大家都忘记了自己，沉浸在当下的情景之中，不像西方的交响乐那样的客观、冷静。这表明唐人对于艺术的创造、对于诗歌的生活，有一种宗教式的虔敬，这就是对自己生命创造的尽心。

白居易的诗歌说："以心感人人心归。"是说只要人与人之间心心相通，就是天下富有人心的世界。李白的诗歌说："明月直入，无心可猜。"是说人心与人心相通，就像明月那样明白、纯朴，没有一点杂质。唐诗正是表达了这个梦。

我们以友情为例。中国文化非常重友情，友情是朋友之间尽心尽情的表现。不以理为原则，也不受其他外在的因素左右。

杜甫的《赠卫八处士》，是表达朋友之情的名篇，非常质朴。

> 人生不相见，动如参与商。今夕复何夕，共此灯烛光？
> 少壮能几时，鬓发各已苍。访旧半为鬼，惊呼热中肠。
> 焉知二十载，重上君子堂。昔别君未婚，儿女忽成行。
> 怡然敬父执，问我来何方。问答未及已，驱儿罗酒浆。
> 夜雨剪春韭，新炊间黄粱。主称会面难，一举累十觞。
> 十觞亦不醉，感子故意长。明日隔山岳，世事两茫茫。

我每次读这首诗，都觉得这里头的感情就像好酒一样，味长而美。古人评这首诗："语语从肺腑流出。"用我们今天的话来说，真是写得掏心掏肺的。第一句"人生不相见"五个字，朴素得不得了，像聊天拉家常，又厚实得不得了。在茫茫宇宙背景中，生命与生命之间的聚散，太不容易了。“今夕”两句，如吟如诵、如歌如叹，又随意又深情。“少壮”四句，全是老友重逢的普通人情，“惊呼”两字，写得神情活现，一片童真，一点都没有世故，没有主人客人的隔阂。“昔别”四句，场面气氛非常真切，我们今天读来，就像老同学的子女，在叫我们一声伯伯叔叔的时候，让我们忽然感觉到了生命的流逝、人生的短暂。“怡然”这两个字，何等的真诚，何等的古道！老辈与小辈之间，再也没有隔阂。接下来就是酒浆、春韭、黄粱饭，就是比十觞还要浓、穿过万水千山的情义。自从背了这首诗，我特别喜欢春天的韭菜，很肥厚好吃。但是，我知道，唐代的春韭已经吃完，今日的滋味已经不能与杜甫那时的相比了。

再看杜甫另一首写乱世回家的小诗：

峥嵘赤云西，日脚下平地。柴门鸟雀噪，归客千里至。
妻孥怪我在，惊定还拭泪。世乱遭飘荡，生还偶然遂。
邻人满墙头，感叹亦歔欷。夜阑更秉烛，相对如梦寐。

诗人杜甫从千里之外的豺狼世界，终于逃脱出来，终于到家了，那黄昏的晚霞、村头的日脚、柴门的喜鹊，都充满了真切动人的人性世界回归的意味。妻子见到亲人，又是惊叹，又是伤心落泪。更重要的是，左邻右舍，也都爬满了墙头，一起感叹嘘唏，一起伤心落泪，共同分享此时此刻人伦的歆幸。按现代社会的观念来讲，这关你邻居什么事？他们看什么呀？但是依中国文化的观念，人心与人心是相通的，人性与人性是照面的。杜甫一家乱世偶然生聚的欢乐与幸福，不止是杜甫一家的事情，而是村子里大家的事情，是与天下人痛痒相关的欢乐与幸福。

这首诗最后两句："夜阑更秉烛，相对如梦寐。"把夫妻的相聚之美妙，写得胜过神仙的遇合。我再没有看到诗歌里写夫妻相聚写得比这更好的了。这里有诗人对女性深切的体贴与在情在义。我们再以唐诗写女性为例。唐诗一提起女性，就有一种多情多义，就有一种温馨体贴。唐诗绝不是大男子主义，也绝不是轻薄浪子。大家可能都知道杜牧是风流有名的"十年一觉扬州梦，赢得青楼薄幸名"。但是，就连杜牧这样风流倜傥的才子，也曾经与一位歌女深宵话别，难分难舍，写下"蜡烛有心还惜别，替人垂泪到天明"这样缠绵深情的诗句，哪里是后代的浮艳轻佻之作能比得上的！写闺妇的诗我最喜欢王昌龄的名篇："闺中少妇不知愁，春日凝妆上翠楼。忽见陌头杨柳色，悔教夫婿觅封侯。"写少妇的怀春，替女性唱出情感饥渴与心灵苦闷的心声。我们想一想：如果不是唐诗善于站在女性的立场上说话，哪里会将女性的幸福看得比封侯还要重？金昌绪的“打起黄莺儿，莫教枝上啼。啼时惊妾梦，不得到辽西”，写一个正在做梦思念远方亲人的女子，当她刚刚梦到与远在辽西的男人相会，就被一阵黄莺的叫声吵醒。古人称这样的诗歌，真是一片神行。诗人的想象，连思妇的梦里都去过。诗人的心，思妇的心，远方辽西男人的心，都连在一起。唐诗就是这样一个心心相通的世界。还有一首七绝，我记不清是哪位诗人写的了：“白玉堂前一树梅，今朝忽见数花开。儿家门户重重闭，春色因何入得来？”写一个少女，在一个春天的清晨，忽然看见庭前梅花开了，少女心里又是惊喜又是感动，问了一个很痴呆气很女孩子气的问题：我一女儿家的门一道一道关得好好的，你这个春色究竟是从哪里进来的？我们看得出来这实际上是个怀春的少女了。李白的“春风不相识，何事入罗帏？”也写出了唐代女子的性苦闷。共同精彩的是唐诗对于女性的心理竟然如此体贴入微，竟然想得如此细微幽深！所以这首诗听起来好像已经不是一位男性诗人写的，而仿佛是一位女子在那里自言自语。再比方说李白还有一首名篇《玉阶怨》：“玉阶生白露，夜久侵罗袜。却下水晶帘，玲珑望秋月。”写一个女子深夜难眠，站在户外看月亮看了好久，一直到寒露侵身，回到屋里还是睡不着，还是隔着水晶帘望月，有好多好多的心思都在那玲珑望秋月的眼神里面。唐诗对于女性的同情、关切、体贴、理解，都被这一眼神写活了，我们今天一读到这首诗，就会分明感觉到这个女性的心情，甚至她的神情动态。一千多年过去了，印象依然如此新鲜，这真是很奇怪的事情，所以说唐诗是不死的心灵，是永远的不麻木、永远的感动；是人心与人心的相通、人性与人性的照面。唐诗写女性的名篇多得说不完。我们再回到杜甫对远在长安月夜中的妻子的思念：“今夜鄜州月，闺中只独看。遥怜小儿女，未解忆长安。香雾云鬟湿，清辉玉臂寒。何时倚虚幌，双照泪痕干。”你看他对妻子设身处地的同情，对美丽的妻子在月光中独自寂寞忧伤的想象，都是那样的温情美好。“堂前扑枣任西邻，无食无儿一妇人。不为困穷宁有此，只缘恐惧转须亲。”表达了诗人对一个可怜的无依无靠的隔壁老妇人的同情心、平等心、尊重心，以及在艰难人生中温厚的人情美。想一想我们现代人，对于老人、对于社会上的弱者，有没有这样的同情心？李白是那样飞扬跋扈的诗人，但是他写在安徽时住在一个老太婆家里：“我宿五松下，寂寥无所欢。田家秋作苦，邻女夜春寒。跪进雕胡饭，月光明素盘。令人惭漂母，三谢不能餐。”千金散尽的诗人一下子变得那样迟疑、那样小心翼翼，全失平时的豪气。在艰苦的农家面前，诗人是完全平等的，他的心就像月光那样清朗温情。

李商隐那些神秘的无题诗，中间总有美丽而多情的女子面影

《唐诗选画本》，日本宽政、文化、天保间刻本

霜落荊門江樹空
布帆無恙掛秋風
此行不為鱸魚鱠
自愛名山入剡中

けいもんの山林かいかも秋になるにつれて木のえだおちすこぢに成さるにハ樹空てえんの二かいけいや

舟の心よくごちゃうの友つぶかくするに秋風に帆をうけゆくたるも秋風のふくにまかせてゆくハちょうかん

よくすきのかまをすておもひ出て食んをやめてハ行でハかい、そもそもりごちょうがこきやうでる

おいかくそのためてハかいかごちゃうハ山のかうハところゆへそれを見やうがためにゆくこともおや

秋下荊門

李白

在晃动。李商隐写给妻子的诗："君问归期未有期，巴山夜雨涨秋池。何当共剪西窗烛，却话巴山夜雨时。"我们读这首诗的时候，有一种唱叹生情，有一种低回反复，有一种缕缱缠绵，总之，诗人无限温情的心，流注于亲人的心，也超越了过去、现在与未来。白居易的《琵琶行》，为什么有两次演奏？一次是"大珠小珠落玉盘"，一次是"凄凄不似向前声"。为什么第二次结束的时候是"满座重闻皆掩泣"？因为第一次是技术的、技巧的，而第二次则是心灵的，是白居易作词、琵琶女演奏，同是天涯沦落人的情感交流。如果没有这第二次的"凄凄不以向前声"，《琵琶行》就没有太大价值了。《长恨歌》我们印象最深的是"君王回看救不得，宛转蛾眉马前死"，一个句子浓缩呈示了一幅对比强烈的画面：一边是代表战争、代表权力、代表无情的历史的一头高大的骏马，而另一边是代表美、代表感性、代表柔情与弱者的蛾眉。我们会想到那个"江州司马青衫湿"的诗人，真的是一个大情种。而唐诗正是属于情种的诗，毫无疑问，唐诗是天才情种必读书。常有一种多情多义的心灵，常存一种对女性的同情爱慕关心思念的心灵，就是富于人性优美的心灵。中国文化中说大地的气质是女性气质，大地之气温暖地润泽万物，唐诗就是这样充满着阴阳交感的人情味，杨玉环虽然死了，唐明皇虽然死了，白乐天虽然也死了，但是宛转蛾眉的美没有死，天长地久的绵绵长恨没有死，永远感动着后代。痴男怨女的这样一种心灵，就是生生不息的不死的心灵。

现代社会，是一个人心与人心隔阂不通的世界。我有一天看了女儿买的几米的《地下铁》，也觉得好，有点唐诗的味道。你看那个小女孩，那样的瘦弱，背着那样大的书包，在空荡荡的地铁里走着，没有人理她。她使我想起唐代诗人在现世的化身，那样的敏感，那样的多情。我想起台湾新儒家的徐复观先生在日本时，也写过地铁，他说地铁有两个特点：一是自己本来有目的，却被人推着往目的地走去；二是地铁车厢里，本来是人与人距离最近的地方，却又是人与人离得最远的地方。所以，地铁可以说是现代社会人心与人心不相通的一个象征。所以我讲唐诗的好，总是要对现代生活有一点回应。在现代社会中保留一点唐诗精神，不是风花雪月，不是语言艺术，而是回到唐人的梦，回到可以通而不隔的心，从爱女性、爱小孩、爱老人、爱弱者开始做起。

台湾的牟宗三先生，是对中国文化精神有很深的理解的。他曾经提出一个公式，即心、性、理、才、情、气这六个字，来把握中国历史的不同特点，有的是尽心尽理的时代，有的是尽才尽气的时代。他的学生，也是台湾著名的学者蔡仁厚教授，更明确地说，唐代人只是“尽才、尽情、尽气”而却不太能够，甚至不能够“尽心、尽性、尽伦”。因此，“唐代（是）‘才、情、气’的世界”。这样的说法，虽然有道理，却有二元论的简单化，将“心、性、理”与“才、情、气”，简单地打成两截了。这等于说唐人只知道挥洒才、情、气，不懂得尽心尽理，这不一定是正确的。其实在才、情、气当中，就有心、性、理的内容。心就是良知，理就是天理。杜甫有四句诗：“杜陵有布衣，老大意转拙。许身一何愚，窃比稷与契。”在这里有中国文化很深的理。第一，中国文化中，人皆可以成尧舜，布衣也可以为圣贤事业。这是高度的道德自主的。要做知识人，就要多少有点圣贤气象。第二，愚与拙，都是正面的价值。其同义词即是诚朴，能如此，就是最大限度爱生命的美好。第三，《孟子·离娄》：“禹思天下有溺者，由己溺之也；稷思天下有饥者，由己饥之也。”这就是人溺己溺、人饥己饥。中国文化中的圣贤精神，内涵就是这个。唐诗有杜甫，有韩愈，可以说，尽情、尽气，尽心、尽理，完全是可以打通的。

现在，有没有一首诗歌，可以把我上面所说的两个特点集中结合在一起呢？让我们读了它，就理解了唐诗的美好呢？如果让我找一首，那就是《春江花月夜》。这首名诗隐藏着一个大的秘密，谁破译了这个秘密，谁就掌握了打开唐诗奥秘的钥匙。破译这个秘密的方法说来也很普通，人人都能接受。就像数学解题一样，有这样几项条件：

1. 全诗由九首七言绝句组成。
2. 春、江、花、月、夜五字中，月字最重要（可分为宇宙中的月亮和人心中的月亮）。
3. 第一部分：宇宙中的月亮。关键词：精灵，透明之镜，等待。
4. 第二部分：人心中的月亮。关键词：思妇是月亮另一面的影子，另一个等待，相互融入。
5. 秘密：表面上看，全诗通过月亮的流行，将上下两部分组成一有机联系的整体，但是深层的精神内容是人心与自然的一幅大和谐，人性与宇宙本性的相互成全。

《春江花月夜》

春江潮水连海平，海上明月共潮生。滟滟随波千万里，何处春江无月明？（江海天地的宇宙图式）

江流宛转绕芳甸，月照花林皆似霰。空里流霜不觉飞，汀上白沙看不见。（无限透明）

江天一色无纤尘，皎皎空中孤月轮。江畔何人初见月，江月何年初照人？（人生有限宇宙无限）

人生代代无穷已，江月年年只相似。不知江月待何人，但见长江送流水。（永恒的美、永恒的爱美之心）

白云一片去悠悠，青枫浦上不胜愁。谁家今夜扁舟子，何处相思明月楼？（思妇）

可怜楼上月徘徊，应照离人妆镜台。玉户帘中卷不去，捣衣砧上拂还来。（月光从女子心波流出）

此时相望不相闻，愿逐月华流照君。鸿雁长飞光不度，鱼龙潜跃水成文。（爱心）

昨夜闲潭梦落花，可怜春半不还家。江水流春去欲尽，江潭落月忽西斜。（珍惜有限）

斜月沉沉藏海雾，碣石潇湘无限路。不知乘月几人归，落月摇情满江树。（爱心的无限辐射）

唐诗是“以山水为教堂，以文字为智珠”。由此诗可以看出，珍视人间的美好，成全宇宙的大美，尽气尽才的精神，也是尽心尽情的精神，同时，心气与才情，又有着超越的根据，人心与自然同一美好、同一无限、同一充满无限美好的希望。

如果将我上面讲的内容总结成三句话，即：珍惜美好、实现自我、永葆爱心。这也是我们这个时代最需要的精神。

2003年9月14日于上海图书馆

原载《解放日报》2005年9月5日

《新华文摘》2005年第23期转载

目录

树树

黑暗深重之际的烈士之思

树树皆秋色，山山唯落晖。

初唐诗人王绩名句。写隐居山中，所见黄昏暮色来临时的风景。在诗中，深重的秋意，苍茫的暮色，往往有深意，融注诗人对时代的忧患。

中国文化对于新旧转换的时代特为敏感。但是王绩归隐东皋的时候，正是贞观初年，那本不是一个乱世来临呀。从历史的角度来看，反而是一个大时代来临前，他就退隐了。你说是乱世，我们却说是治世，如何解读这个矛盾？

其实，从他个人的角度看，他那时由于哥哥王凝弹劾侯君集，而遭到权贵长孙无忌的政治打击，他也被弃抑不用。对王绩来说，这不同样也是一个不好的时代么？这表明文学与历史不同。文学是个人的世界，在治世里，也有个人的乱世；同样，在乱世里，也有个人的治世。

何况，新旧时代转换之际，新中有旧，治中有乱，天亮之前，最为黑暗，可能比旧时代更为可怕。所以他坚持自己的操守，而不为“乱世”所左右，这已不仅是他个人意义上的“乱世”。古人评此诗“结处方露己意”，也就是点出全篇的主旨。“三、四喻时之衰晚”，这个“衰晚”的时代就是《周易》里所说的“天地闭，贤人隐”的时代。

三、四两句“秋色”“落晖”一方面是写景，一方面是时代的寓意。所以结尾之处要以“采薇”来寄怀，表达追随古之义士伯夷叔齐的意愿。

在此千山一沉日、万树一萧瑟的背景下，人也必然是“壁立千仞”的大人气象。近人王国维《人间词话》很重视此二句：

> “风雨如晦，鸡鸣不已”，“山峻高以蔽日兮，下幽晦以多雨。霰雪纷其无垠兮，云霏霏而承宇”，“树树皆秋色，山

树 树

山尽落晖”，“可堪孤馆闭春寒，杜鹃声里斜阳暮”，气象皆相似。

说出了中国诗歌中一个重要的抒情传统：在黑暗深重之际的烈士之思。

《野望》

东皋薄暮望，徙倚欲何依。
树树皆秋色，山山唯落晖。
牧人驱犊返，猎马带禽归。
相顾无相识，长歌怀采薇。

联想
今古骚人乃如许，暮潮声卷入苍茫。

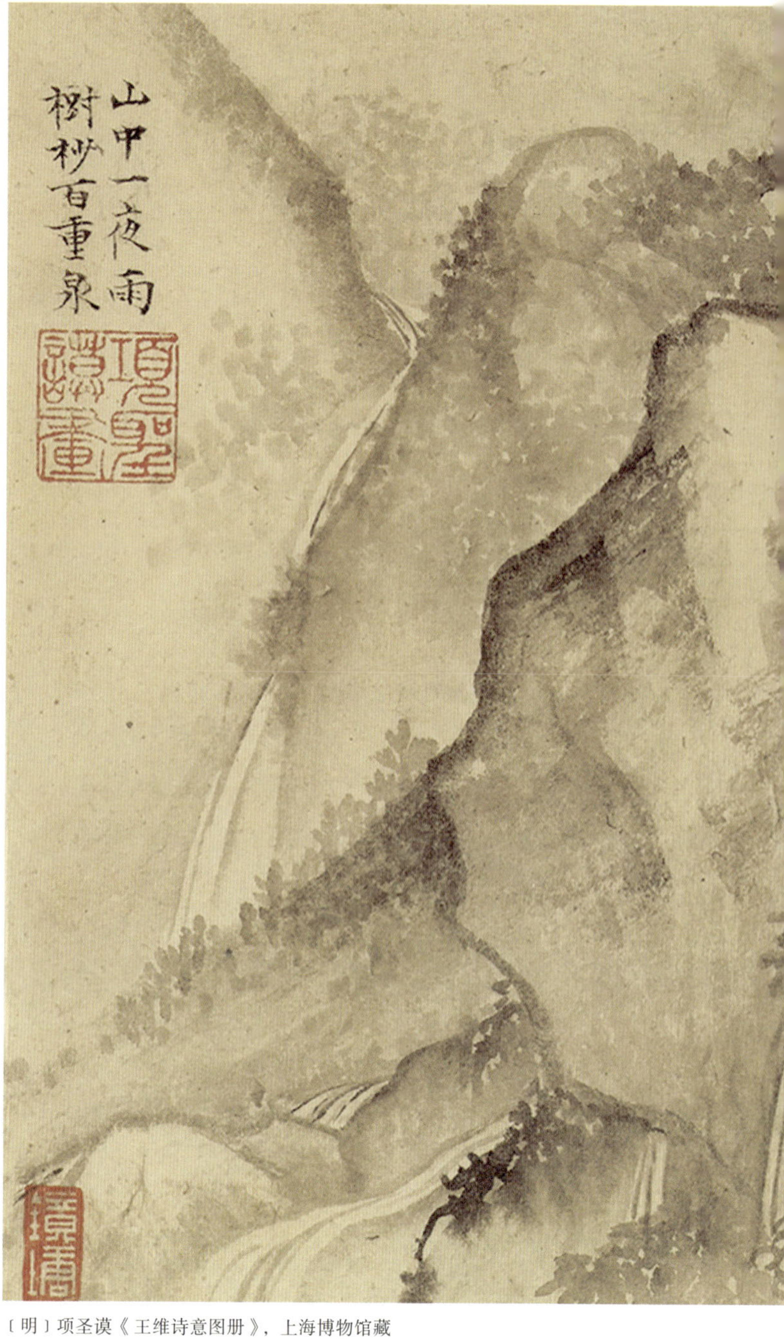

〔明〕项圣谟《王维诗意图册》，上海博物馆藏

风烟

城阙辅三秦，风烟望五津。

王勃名句。“风烟”一词并非唐人的独创，六朝的北方诗人，如阴铿、王褒、顾野王等，都用过这个语词。这里有什么不同？

我以为都没有这里明朗、寥廓、大气。而且它跟“望”搭配在一起，表明唐代诗人已经不仅仅是用“经验的眼睛”看天地，而且是用“想象的眼睛”看世界。你拿一个“风烟”来给我看看？其实是拿不来的。日本史家宫崎市定曾说：“唐诗发现了无限。”以前这种无限并不太明显，唐诗开始自觉了。“风烟”便是这样一个词语，不是用“经验的眼睛”，而是用“想象的眼睛”去看世界，可以置万山于己膝，纳千里于眼底。风烟不可以用于小景，一定是用于大景。王维“碧落风烟外，瑶台道路赊”，杜甫“瞿塘峡口曲江头，万里风烟接素秋”，从人间遥望瑶台，自长安远眺巫山——这种万里“风烟”之外的景象绝不是经验的眼睛所能企及的，而完全是由想象的眼睛才能把握得住的。这就是“发现了无限”。

“风烟”一词的妙处，我们还可以通过比较来获得认识。诗歌里还有大量类似的词语，像“水烟”“江烟”“野烟”“空烟”“浮烟”“寒烟”“云烟”等等。但这些词语，它们不是太过于具体了，比如“浮烟”“江烟”“野烟”，人间味太浓郁了，便是太过于空无了，一下子遁入道家仙山的感觉，如“空烟”“云烟”。而要表达这种举目千里、一片缥缈的世界，只能用“风烟”——隔得又远，又有情意，不是那种道家世界的烟；能把握得住，又很大气，不是那种梦幻的烟。“风烟”的妙处就在这里。

“风烟”是属于壮游的生命的词语。王勃另有一句诗：“浦楼低晚照，乡路隔风烟。”“风烟”用在这里，既有一种时刻动身上路的感觉，要到远方去，但是那远方又是可以企及的所在，是一个比较明朗的、充满希望的世界。中国古代诗人历来有一种“宦游”的传统，唐人更是成为风尚，初唐人李义府，还写过七十卷的《宦游记》。但是这不仅是寻求做官进身机会的周游，而且也是书剑飘零、浪迹天涯，或者可以称之为“生命的壮游”。而“风烟”一词就特别能表达初盛唐诗人这种“壮游”的生命气息。因为它将诗人离家时悲哀的情绪变为一种生命的壮游。诗歌词语最好的搭配，是让每一个词语都很好地结合在一起，共同凝聚成诗歌的一个完整的生命体。它不是松散的、任何词语都可以杂凑进去的一个组织，它的每一个词语构件都有如水晶体一般拥有一个共同的“统一场”，从而凝聚成最终的诗的晶体。

同时代的四杰之一卢照邻，后来“预为墓，偃卧其中”，有《五悲》诗，其中有句：“自高枕箕颖，长揖交亲，以蕙兰为九族，以风烟为四邻。”风烟，很是壮怀激烈。

某种意义上，诗人就好比炼丹的道士，九转灵砂，是一世的修炼。好的词语，其实是诗人一生的成就，也是当时一代人的成就，最能表达时代士人的心声。“风烟”一词的搭配，的确是很能反映初唐诗歌的“生命气象”。

《送杜少府之任蜀川》

城阙辅三秦，风烟望五津。
与君离别意，同是宦游人。
海内存知己，天涯若比邻。
无为在歧路，儿女共沾巾。

联想

青山一道同云雨，明月何曾是两乡。

《唐诗选画本》，日本宽政、文化、天保间刻本

黄鶴樓送孟浩然之廣陵
故人西辭黄鶴樓
烟花三月下揚州
孤帆遠影碧空盡
惟見長江
李

就是青山，就是明月

他乡

他乡有明月，千里照相思。

初唐诗人李峤的名句。写千里之外的异地他乡共有一轮明月，因此离别无须太过感伤。

其实初唐人的抒情美学中，宇宙感的觉醒是一大主题。王勃名句“海内存知己，天涯若比邻”，海内、天涯，这两个词语的并用，正是宇宙美感的发现。

这是前人未曾发明的。这里面有一种宇宙的背景和博大的同情心。唐人内心生活里建立了一种很大的生命格局，他们的

“看”，他们的“感”，或是远游，或是送别，都会自然而然地将这一切置于一个很大的宇宙背景中来发问、怀想和感动。于是，再远的地方，在他们看来，也能像邻居一样，像家乡一样，亲切、温暖。这样的诗歌也只有在唐代才写得出来。所以要说“无为在歧路，儿女共沾巾”，分离虽然在即，但大可不必作小儿女状的哭哭啼啼，悲哀会有，却总可以被希望所冲淡。

又如张九龄：“海上生明月，天涯共此时。”语出谢庄《月赋》，却因宇宙背景的怀抱而带有一种更乐观、更温暖的调子。

德国哲学家康德曾说：没有无概念框架的经验世界。即，任何人在看这个世界的时候，头脑中都预设了一个概念框架。借用康德的话来讲，唐人的“框架”就是一种宇宙的胸襟，就是青山，就是明月，就是青山、明月共同构筑起的宇宙背景。这一点古人的诗话中没有提到，然而却是诗歌中蕴藏的思想宝矿。它作为一种唐代人所共享的、把握经验世界的认知图式，实实在在地隐藏在唐人的诗歌当中。我们所要做的，便是把这些同类的诗结合起来，从中揭露出古代理论家未曾发现的诗美奥秘。

《送崔主簿赴沧州》

紫陌追随日，青门相见时。
宦游从此去，离别几年期。
芳桂尊中酒，幽兰下调词。
他乡有明月，千里照相思。

联想

离人无语月无声，明月有光人有情。

——李冶《明月夜留别》

游子

生命展开的美

山川云雾里，游子几时还。

王勃这首诗是初唐的一个神品，不可不讲。我一读就直觉地喜欢。

分析来看，有一个结构，即宇宙自然无限，人生有限。这个结构是唐诗的常见抒情图式。但是这样说还不够。比如，“游子几时还”，究竟是还，还是不还？这是一种兴象缥缈之美。

在这个结构之中，生命的存在是什么感觉？有两层含义。一个是生命的漂泊无依，四顾茫然，有一种上下无着落的感觉，此

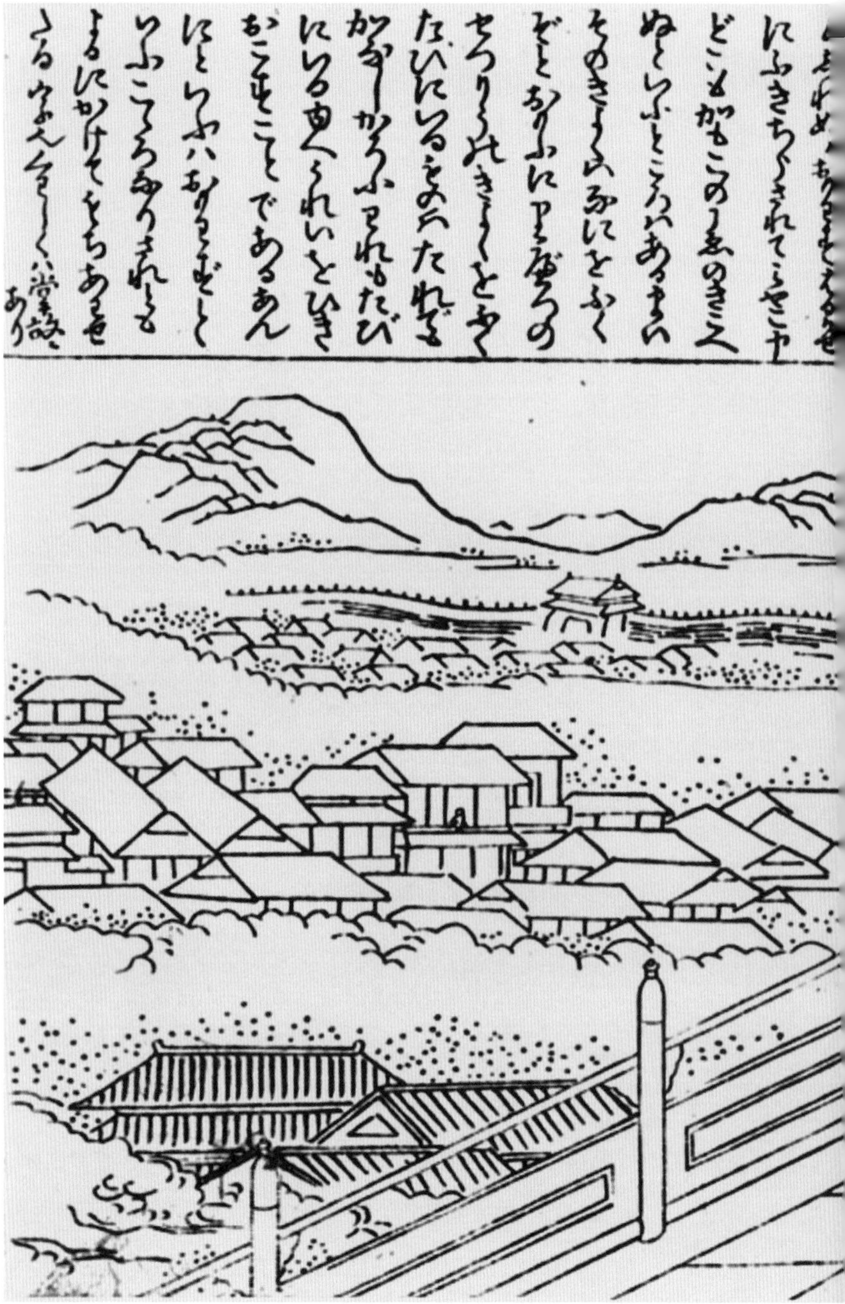

《唐诗选画本》，日本宽政、文化、天保间刻本

春夜洛城
聞笛
誰家玉笛
暗飛聲
散入春風滿
洛城此夜曲
中聞折柳
何人不起故
園情

诗的第三句，正是上不着天，下不着地，恰是陈子昂《登幽州台歌》中蕴含的前后古今之感。二是生命的意兴风发，展开的美。

这正是初唐时代特有的感觉。

为什么说是展开的美？诗人的抒怀，是在无形、无边的背景中，体认生命；使人体味生命的庄严、有为与存在的深度。某种意义上说，“体无”，即体察与自证其生命的真实可能性。生命的可能性，是从宇宙自然的无限性上，得到展开的。所以，“游子几时还”，是骄傲的口吻。

为什么说是上下无着落的感觉？诗人在今古茫茫、旧未死新方生之际，吊影孤危，百端交集，四顾无依。这也是大时代将临的感觉。所以，“游子几时还”，这时又是悲凉的语气。

这种抒情诗学，是唐诗特美的地方。

《普安建阴题壁》

江汉深无极，梁岷不可攀。
山川云雾里，游子几时还？

联想

永结无情游，相期邈云汉。

海日

诗人以来罕有此作

海日生残夜，江春入旧年。

如果有一两句唐诗，最能写出上海代表江南、代表中国的地域特点，我就选这两句。

上海作为中国地理的最东端，是每天清晨最早迎接海上初日的地方。上海作为长江的入海口，春天作为东方之节气，又是最早迎来春气的地方。

晚清有一大诗人沈曾植，曾经在上海居住。他的楼就命名为“海日楼”。他深深知道上海作为新文化开端的重大意义，也深深知道新的生命是从旧的生命中生长而出，以及上海作为中国江南文化之龙头，孕育新机、开启新运的重大意义。尽管，他并没有亲眼看到这个时代的到来。

所以，这两句唐诗，作为上海的形象语，是十分恰当的。

一千多年前，唐代开元时的宰相张说，在新年伊始之际，于政事堂上题书王湾诗句："海日生残夜，江春入旧年。"——史书上记载：他经常以之作为例子，叫所有能写文章的人，都要像这首诗那样写作。王湾的这两句诗，也可以视为整个盛唐精神之缩写。它内涵丰富，意思正大。第一，此两句中的意象，是集天地之大美，汇自然之伟观。黎明、春天、新年，一齐来到人间，使人间成为美好的存在。第二，"生"与"入"字，乃是将人间视为有情化、生命化的大自然。第三，此二句表达出了唐人所感受到的中国文化哲理——天行健，君子当自强不息的精神。这是唐人宇宙观和人生观的一种统一。当时人们评之为："诗人以来罕有此作。"（殷璠《河岳英灵集》）张燕公此举也是十分耐人寻味的。它昭示着整个唐代，即使是与文学最为远隔的政治文化，也是被诗性精神深深笼罩的。此后或之前，再没有哪个时代的谈政治之人，能像唐人那样在诗性的辉照中议论朝政、抒发见解了。这的确是一个反平庸、崇浪漫、开放、昂扬、美好的诗歌时代。而文艺对于时代新生命的意义，这里当有深切的启示。

《次北固山下》

客路青山外，行舟绿水前。
潮平两岸阔，风正一帆悬。
海日生残夜，江春入旧年。
乡书何处达？归雁洛阳边。

联想

梦觉隔窗残月尽，五更春鸟满山啼。

《唐诗选画本》，日本宽政、文化、天保间刻本

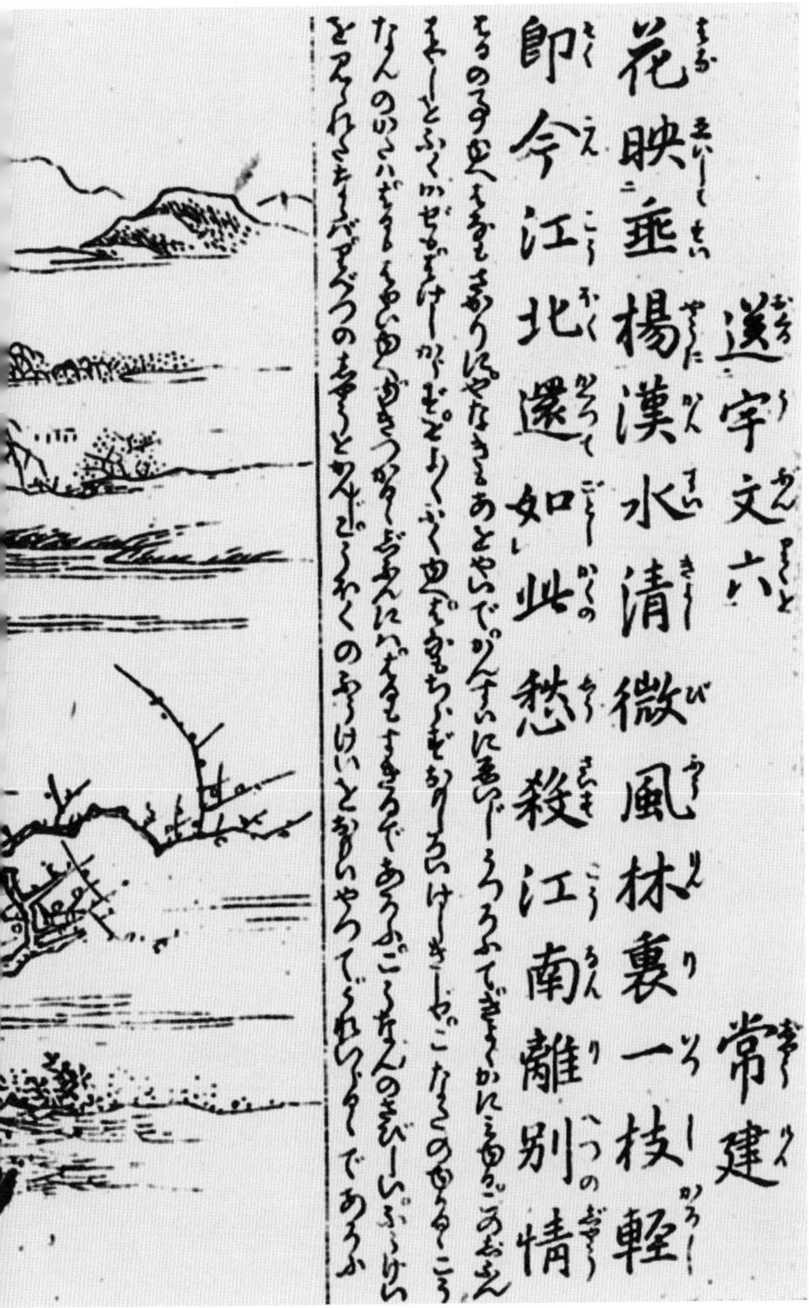
送宇文六　常建

花映垂楊漢水清
微風林裏一枝輕
即今江北還如此
愁殺江南離別情

清旷之美

池月

山光忽西落，池月渐东上。

盛唐诗人孟浩然诗句。唐诗特有的美学，是兴象。兴象的一个意义，即“有感应”，即对于事物有着真切亲密的接触。我们看这首小诗，中间四句人与自然非常亲，身体、听觉、嗅觉，有机融合在一起。是诗思的自然化，又是自然物的生命化。首二句的忽、渐，也写出人的感觉。东、西，则分明是一个很大的地方。前人评曰“清旷”，是大自然、身体、神思的清旷。最后写出了欲将此清旷的美好，分享友人，终于从大自然中得到的和谐之美，转而为人心与人心的和谐之美。

《夏日南亭怀辛大》

山光忽西落，池月渐东上。
散发乘夕凉，开轩卧闲敞。
荷风送香气，竹露滴清响。
欲取鸣琴弹，恨无知音赏。
感此怀故人，中宵劳梦想。

公子

公子为嬴停驷马，执辔愈恭意愈下。

这是王维的名篇《夷门歌》中的句子。此诗题材，取自《史记·魏公子列传》，即信陵君窃符救赵的历史故事。但从《魏公子列传》到《夷门歌》，故事主人公由公子无忌（信陵君）变为夷门侠士侯嬴。侯嬴为信陵君提供了重要的侠士朱亥之后，刎颈自杀。

后人对侯嬴刎颈有三种理解：其一，侯嬴怕信陵君怀疑自己会泄露秘密，所以自杀灭口而死；其二，因为自己年事已高，觉得未为此战役作出应有的贡献，所以自尽；其三，还有一种更为神秘化的说法，即一种古老的风俗，侯嬴要用自己的血，为这场战役的胜利祭奠。

其实王维的这首诗意思很简单，就是表现出了一种游侠之气。游侠精神是盛唐气象中所不能忽略的。

司马迁在《史记·游侠列传》中说："其言必信，其行必果，已诺必诚；不爱其躯，赴士之厄困，既已存亡死生矣，而不矜其能，羞伐其德。"这段话也显示出游侠精神的三个特点：诚信；慷慨任气的生命情调；心心相许、命命相酬的知己意识。虽然有仁德，但看得很低调，比如鲁仲连面对千金之酬，却报以一笑。这里的忠诚并不是一种大的目标（例如对国家）的忠诚，可能就是对某一个人的忠诚。这实际上是先秦战国时代特有的文化品质，而盛唐诗歌便融会了各种文化品质，融会了先秦战国的时代精神，并且将它延续发扬。

侠的时代，是大我强烈地突出的时代。大我，就是"意气兼将身命酬"的意气。那并不是属于单个人的生命的，而是一种天地间的英雄气。

气与气的相逢，就是生命开花的时候。所以，王维的这首诗，也是以魏公子与侯嬴的相逢作喻，暗自期待，等着一场知己相遇的到来，等着生命的开花。

〔明〕项圣谟《王维诗意图册》，上海博物馆藏

洪波迴地軸
孤嶼映雲光

《夷门歌》

七雄雄雌犹未分，攻城杀将何纷纷。
秦兵益围邯郸急，魏王不救平原君。
公子为嬴停驷马，执辔愈恭意愈下。
亥为屠肆鼓刀人，嬴乃夷门抱关者。
非但慷慨献奇谋，意气兼将身命酬。
向风刎颈送公子，七十老翁何所求！

洒空

浪漫高华之美

洒空深巷静，积素广庭闲。

王维写雪夜的名篇《冬晚对雪忆胡居士家》中的句子。

这首诗够得上盛唐诗的“浪漫高华”之美，古人评价其“名贵大雅”，用雪写出一个清朗、洁净、空明的境界。

诗的最后一句“翛然”一词，用的是《庄子·大宗师》中的“翛然而来，翛然而去”。写人在世间通透轻松的生命之风姿，将人的精神本体与宇宙本体内在地融合为一体。

袁安是东汉时的名士，他的事迹主要记载在《汝南先贤传》中。有人问他为何如此饥饿也不出去找东西吃，袁安回答说："大雪人皆饿，不宜干人。"他认为人的肉身并不重要，重要的是人的精神的高贵。所谓名节之士，是要成就一种高洁的宗教性，那是生命最有尊严的时代。东汉世风在中国文化上是一个很美的象征。东汉名士道德高尚、清洁，品读古人的这些故事，就可以感到古人的精神特美，生命的尊严感也与盛唐浪漫高华的气象相通。

盛唐的到来，一般人以为是中国繁荣兴盛的时代，其实也是精神性很强的时代。

《冬晚对雪忆胡居士家》

寒更传晓箭，清镜览衰颜。
隔牖风惊竹，开门雪满山。
洒空深巷静，积素广庭闲。
借问袁安舍，翛然尚闭关。

山果

一部中国哲学史

雨中山果落，灯下草虫鸣。

钱穆说王维的“雨中山果落，灯下草虫鸣”，“可以当得了一部中国哲学史”。噢，为什么雨中、山果、灯下、草虫，就是一部中国哲学史呢？

记得 1998 年去台湾时，有个达摩书院的学人讲了他的“八句教”，当时我觉得很有意思，就让他把这八句都写下来了。

今天我讲王维这两句诗，又想起这个达摩书院学者的“八句教”，不也是一部中国哲学史么？恰好可以恰当地诠释钱穆的这个观点。

“万化自然”（中国的周易、道家的哲学）。雨中的山果，熟透就落下来，正是自然而然。

“人心澄然”（中国的佛家哲学和庄子哲学）。秋天的夜里，灯下的心，是最澄静和空明的。

“处世超然”（道家的人生态度）。不因山果的坠落而悲伤，也不因秋天草虫的鸣叫而哀伤。

“得失淡然”（道家、儒家哲学都把个人看轻，把个人的得失看得很淡）。山果也罢，草虫也罢，对于大自然来说，它并没有失去什么，也没有得到什么。

“生活纯然”（道家的美学）。生活要简，看重单纯的美，一灯一窗就足够。山果熟了便掉落，虫子到了时候就叫，其实生活也就是这么简单。生活纯然，才有空间，有力量，有超越的源头活水。

“生死了然”（儒家说死生有命，不必强求）。这两句诗透过山中雨天的果子与虫子表现生命的跃动，十分空灵，十分智慧。

“有无或然”（“有”即现象、现世、现成，与“无”即未形成、未来相对）。有智慧的人看物是流动的，而不是凝滞静止的。明年山果又生，秋虫又化飞。很难说哪个是好，哪个是不好；很难说哪个是破坏，哪个是生长。

最后，是“一切本然”（佛家的如实观、儒家的尽性知天、道家的归其根）。山果之熟而落，秋虫之蛰而鸣，都是大自然生命交替循环的本来样子。

《秋夜独坐》

独坐悲双鬓，空堂欲二更。
雨中山果落，灯下草虫鸣。
白发终难变，黄金不可成。
欲知除老病，唯有学无生。

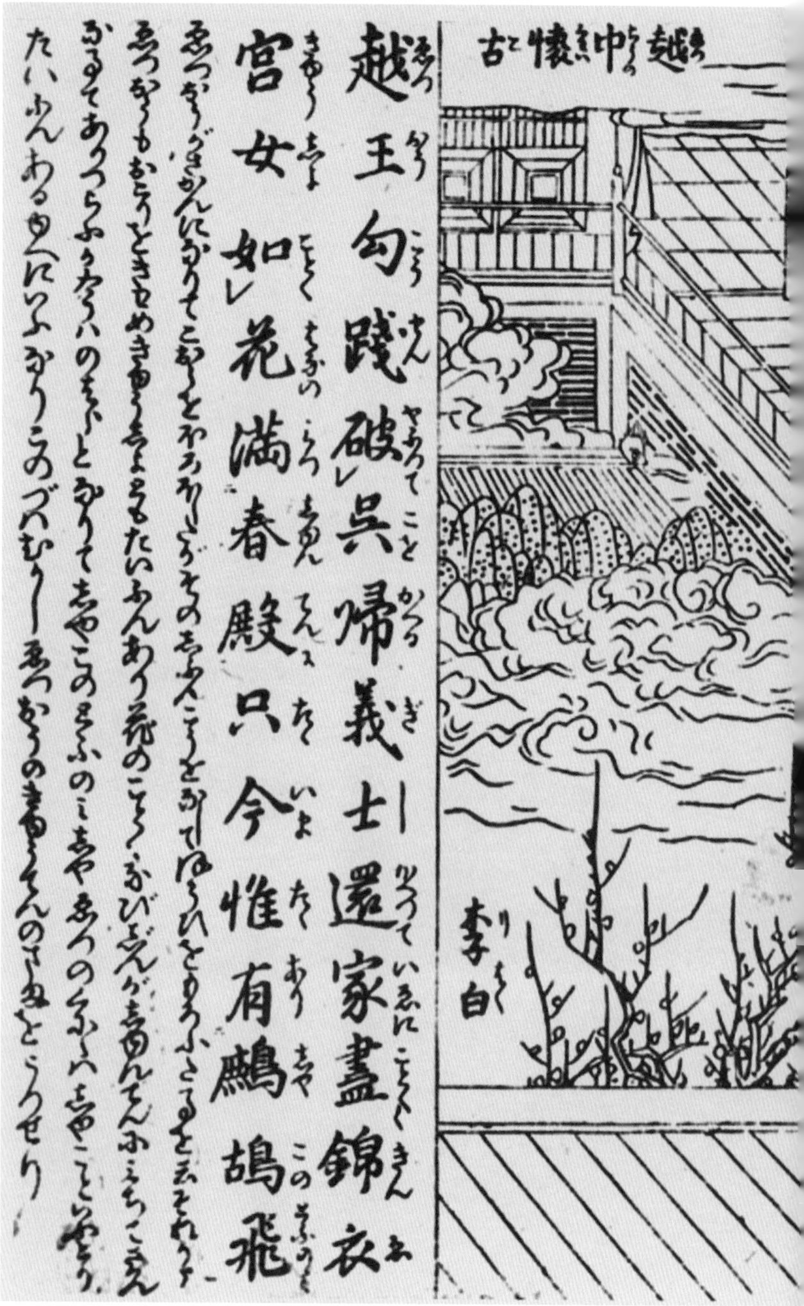
越中懐古

李白

越王勾踐破呉帰
義士還家尽錦衣
宮女如花満春殿
只今惟有鷓鴣飛

《唐诗选画本》，日本宽政、文化、天保间刻本

空山

空山新雨后，天气晚来秋。

王维的这首名篇叫《山居秋暝》。古人评此诗："色韵清绝。"色，便是指光、形、象；韵，则是指意味、神韵。"天光云影，无弗人工。"此诗不愧为唐诗的神品。

唐诗有这样的世界，表明中国艺术精神对于透明、清澄、秋之美的发现。此诗意境干净，纤尘不染。"空山新雨后，天气晚来秋"，写出秋天雨后的一种空气感。而"明月松间照"，表现出一种高朗、通透感，再加上"清泉石上流"的清澈明洁便是秋天的美。

因有竹喧才有浣女，因有莲动才有渔舟，这是现象的、反人间的逻辑的。最后一句是反《楚辞》之意的。为什么要反《楚辞》呢？这表明，王维诗开启的世界不同于以人为文学高贵主位的古典精神，而是一新的世界，在这个世界里，以客观的物为主位，放弃了人为的季节划分，大自然随意兴发其生命本身。譬如："木末芙蓉花，山中发红萼。涧户寂无人，纷纷开且落。"也是生命本身的自生自灭。"人闲桂花落，夜静春山空。月出惊山鸟，时鸣春涧中。"也可这样解读。物物自生自灭。真正的禅意，便是高度尊重自然生命的世界，物物之间的感应，解脱了人为的干扰。

《山居秋暝》

空山新雨后，天气晚来秋。
明月松间照，清泉石上流。
竹喧归浣女，莲动下渔舟。
随意春芳歇，王孙自可留。

羌笛

更吹羌笛关山月，无那金闺万里愁。

选自王昌龄名篇《从军行》。

金闺，是对家、亲人的美称。海风，来自瀚海（沙漠）之风，有无边的荒凉感。烽火城、百尺楼、黄昏、独坐、海风秋，均为描摹绝境之词。羌笛则吹出幽情。更吹，本想用笛声安慰自己的愁情，可吹来却更引起无限乡愁；独坐本已难遣忧愁，何况还要吹起笛子？只看前二句，无限的伤怀，其实已经透露出了笛声之神。

整首诗从自己的对面着笔抒写愁绪，一句未讲自己愁，读来却有无限愁，金闺之愁更衬己愁，缠绵悱恻。

世界上没有哪一种艺术，把家乡妻子的悲伤，放在这么大、这么苍凉的背景里来表现；世界上没有哪一种艺术，有这么浓重，又这么缥缈的乡愁。

然而奇妙的是，越是深重的乡愁，越是有慷慨长歌的汉子气、英雄气。

这就是盛唐诗风的魅力。

《从军行》

烽火城西百尺楼，黄昏独坐海风秋。

更吹羌笛关山月，无那金闺万里愁。

《唐诗选画本》，日本宽政、文化、天保间刻本

書堂飲既夜復邀李尚書下馬月下賦
杜甫
湖月林風相與清
殘尊下馬復同傾
久拚野鶴如雙鬢
遮莫鄰雞下五更

长征

秦时明月汉时关，万里长征人未还。

选自王昌龄名篇《出塞》。此诗表面看是一种乐观的英雄气、强烈的生命力量，但是只读到这层意义是不够的，这首诗包含着雄浑和悲壮。

“秦时明月汉时关”有沉甸甸的历史诗情在其中，可以“互文”的手法来理解。所谓“互文”，就是“互相包含的文辞”，在诗歌的词语中，前后的语词可以相互指涉。秦汉以来的明月、秦汉以来的边关，诗人只用了七个字就有力地表现出了厚重的历史感，把秦汉以降来自北方的外族侵扰压力揭示了出来。诗歌浓郁的历史感，与下句的“万里长征人未还”自然衔接，一是时间，一是空间，交织在一起增加了悲壮之美。在边塞，战士往往消耗掉了一生的生命。明月、边关和长征，就写足了古代军士一生的悲壮。“但使龙城飞将在”中“但使”是“唯有”的意思，而龙城、飞将则是合用了卫青和李广的典故（典出《史记·卫青霍去病传》和《史记·李将军传》）。龙城，在今天的蒙古境内，可以说这是一座纪念碑式的城市。这句话可以看出不仅仅是一种简单的歌颂，也包含了一种讽刺的意味：当代的边关，已经无人守卫。

可以说《出塞》这样的诗歌是完美的，因为它既包含了雄浑激昂的感情，又蕴含了悲壮的感情，不愧为“唐代七绝的十大压卷之作”。

《出塞》

秦时明月汉时关，万里长征人未还。

但使龙城飞将在，不教胡马度阴山。

青山

青山一道同云雨，明月何曾是两乡。

选自王昌龄名篇《送柴侍御》。王昌龄曾于天宝中自江宁丞贬为黔中道巫州龙标尉（今湖南黔阳县黔城镇），一开始心情十分不好。诗人自伤贬于荒僻之所，江南的青山明月只出现于梦中：

霜天留后故情欢，银烛金炉夜不寒。
欲问吴江别来意，青山明月梦中看。

——《李四仓曹宅夜饮》

然而，湖南优美的自然风景，使诗人的心情得到了复苏。青山明月也重新真实起来了：

沅溪夏晚足凉风，春酒相携就竹丛。

莫道弦歌愁远谪，青山明月不曾空。

——《龙标野宴》

诗人发现，同样的青山明月，在荒远的龙标也有，自然之美何处不在？表达了无须忧伤，对命运抗争的精神。时间一长，诗人在大自然美景的感召下，渐渐地感觉到了家的意味。青山明月，也更加亲了。

这首诗表达了诗人可以通过欣赏大自然，通过帮助他人，来扩大他自己的心灵世界。大自然的美，对于诗人苦难生命的疗治、诗性生命的复苏，有十分重要的作用。

《送柴侍御》

沅水通波接武冈，送君不觉有离伤。

青山一道同云雨，明月何曾是两乡。

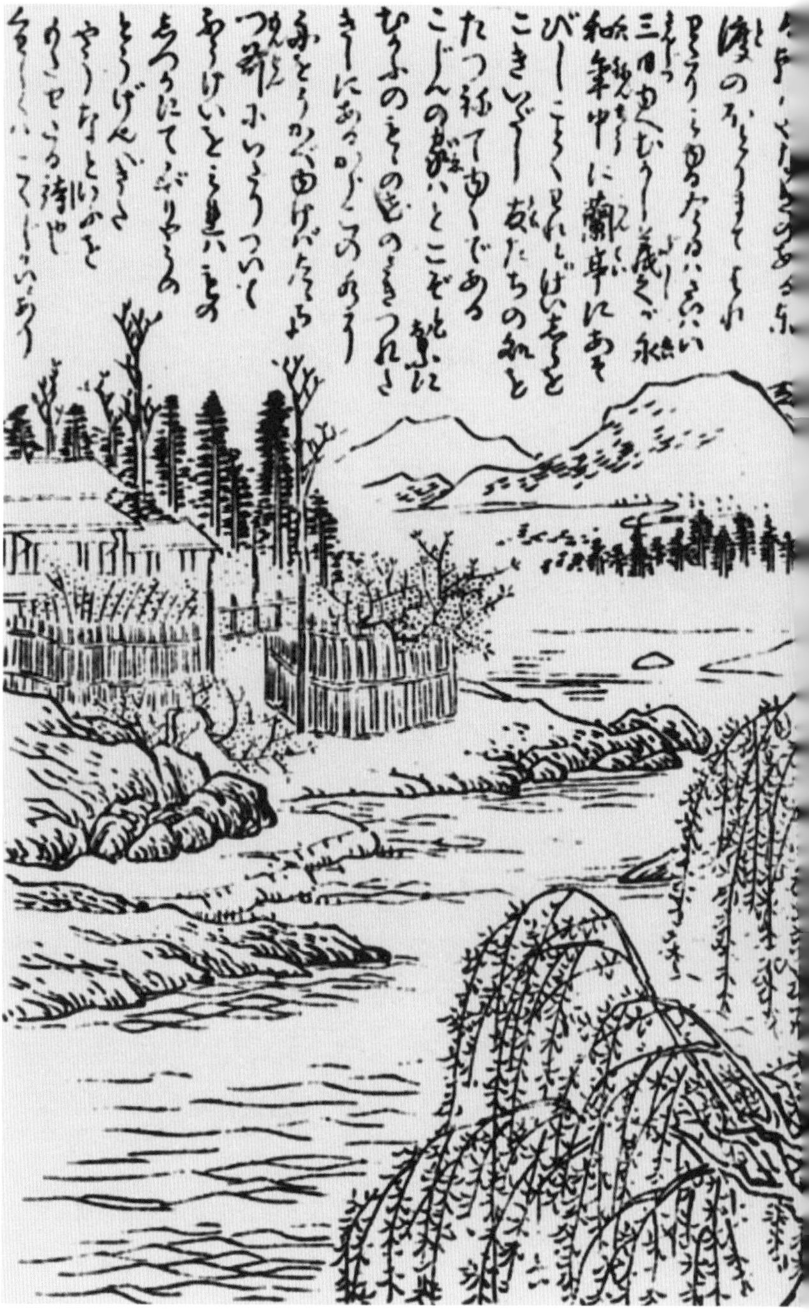

《唐诗选画本》，日本宽政、文化、天保间刻本

三日尋李九庄 常建
雨歇楊林東渡頭
永和三日盪輕舟
故人家在桃花岸
直到門前溪水流

何须

人生在世，要尽气尽才，
也要尽心尽情

羌笛何须怨杨柳，春风不度玉门关。

王之涣这首《凉州词》感情深得很。杨柳是一曲古乐，名为《折杨柳》，多叙离别悲苦之情。在诗人听来，那一支羌笛其声凄然，令人兴起无限思乡之情。一个“怨”字，不够；诗人说何须怨，因为春风根本就不度玉门关。

春风不度，有两层含义，一是写实，那是“黄沙直上白云”的不毛之地，只有漫天风沙，没有一丝绿意。在这里说什么杨柳，无疑痴人说梦。

岑参的诗，也写过玉门关：“玉门关城迥且孤，黄沙万里白草枯。”何等荒漠。

另一层意思是含蓄地说君王的恩情，永远也到不了玉门关。

诗有两个意思，又写实，有本地风光与当下本事；又象征，有联想与扩展的意味。

为什么同样是写玉门关，有的很英雄气概，有的很儿女情长？唐诗中有英雄精神，当然也有反英雄的人性精神。人生在世，要尽气尽才，也要尽心尽情，这也是中国儒家哲学的二元。

然而再进而言，在那样的“黄沙万里白草枯”“春风不度玉门关”的背景下，不是也更能感受到边塞诗人生命意志的强大，不是也更有一幅真正的英雄形象么？

《凉州词》

黄沙直上白云间，一片孤城万仞山。
羌笛何须怨杨柳，春风不度玉门关。

联想

愿得此生长报国，何须生入玉门关。

罗帷

罗帷舒卷，似有人开。明月直入，无心可猜。

李白名篇《独漉篇》的名句。《独漉篇》原是古乐府，描写为父报仇的故事。在李白的笔下，则是英雄精神的宣言。

独漉水中泥，水浊不见月。不见月尚可，水深行人没。

明月在天，这是诗人心中理想人生的美好意象；不见月，这是人生途中的黑暗化；而走入一个水深没人的地方，这更是人生途中的恐怖化。这是写黑暗压抑如梦中难行的恶境。

越鸟从南来，胡鹰亦北渡。我欲弯弓向天射，惜其中道失归路。落叶别树，飘零随风。客无所托，悲与此同。

诗人这是借回家的途中失群又失路的越鸟、胡鹰，借辞枝的落叶，写出英雄失路托足无门漂泊无依的生命困境。士不遇，是几千年来中国知识人最大的生命痛苦。

罗帏舒卷，似有人开。明月直入，无心可猜。

这是对生命自由舒卷交流、君臣一体的美好意境的向往。对比第一句的“水浊不见月”，这里的“明月直入”生动活泼，精灵爱人，率真透明，是自由、明朗、肯定、清扬的生命精神。

雄剑挂壁，时时龙鸣。不断犀象，绣涩苔生。国耻未雪，何由成名。神鹰梦泽，不顾鸱鸢。为君一击，鹏搏九天。

这里有跃动的英雄气，一扫负面的生命困境，像雄剑，像

〔明〕项圣谟《王维诗意图册》，上海博物馆藏

神鹰。

通篇的旋律，由生命的黑暗压抑而至生命的发扬踔厉、兴高采烈，是典型的李白精神的表现。

《独漉篇》

独漉水中泥，水浊不见月。不见月尚可，水深行人没。越鸟从南来，胡鹰亦北渡。我欲弯弓向天射，惜其中道失归路。落叶别树，飘零随风。客无所托，悲与此同。罗帏舒卷，似有人开。明月直入，无心可猜。雄剑挂壁，时时龙鸣。不断犀象，绣涩苔生。国耻未雪，何由成名。神鹰梦泽，不顾鸱鸢。为君一击，鹏抟九天。

天山

月光下的银白色

明月出天山，苍茫云海间。

若杜甫是深红色，或黑白分明中的黑色，李白则要么是唐三彩，要么是月光下的银白色，极真纯皎洁。因为少年，所以到处是光与音乐。因为少年，所以往往是动作的诗歌，展示酒与力与剑的美。

《关山月》写一轮明月负有神圣的使命，从天山的云海，来到玉门关，来到中原大地，为黑暗人间带来光明与美。明月，正是诗人李白的自我象征。天山，正是他的出生之地。这首诗，真是一首雄浑的英雄颂，我们可以从里面听到一种英雄圣贤降临人间的庄严音调。

有些现代知识人嘲笑李白，说他不自量力，说他有知识分子的自大狂的一面，说他没有政治才能，却又偏爱政治活动，所以很倒霉。其实，这多半只是现代知识人自己的不自信，也缺少勇气，所以看李白不真，显出自家的庸碌。古人说的是：士以器识为先。士的文学，先须有器识上的大气。生命格局大，表现为有志气，有自信，有天下担当。生命风调美，也表现为有才华，有魅力，足以使人向往追随。胡应麟说盛唐诗“格高调美”，李白就是典型的格高调美。格高调美的生命意境有什么不好？有什么可嘲笑的呢？李白首先是做人做得有意境，有风姿。“真贵人往往忘其贵，真美人是不自知其美，绝世的好文章出于无意。”李白是忘其英气，忘其义气，忘其风姿，而无往不是真美。

《关山月》

明月出天山，苍茫云海间。

长风几万里，吹度玉门关。

永结

有情与无情之间

永结无情游，相期邈云汉。

“无情游”，就是与世俗之情完全不同的游，就是忘怀世俗之游。“无情游”是松开，是不现成。交欢就交欢，分散就分散；不因交欢而执着，不因分散而悲哀。在遥远的天边，终有相遇之日。

魏晋时期，就有“圣人无情”的流行思潮。那是老庄关于“忘情”的说法，深深引起了整整一个时代的共鸣。其实，那是因为魏晋时代的人太有情了，所以，他们苦苦挣扎于有情与无

《唐诗选画本》，日本宽政、文化、天保间刻本

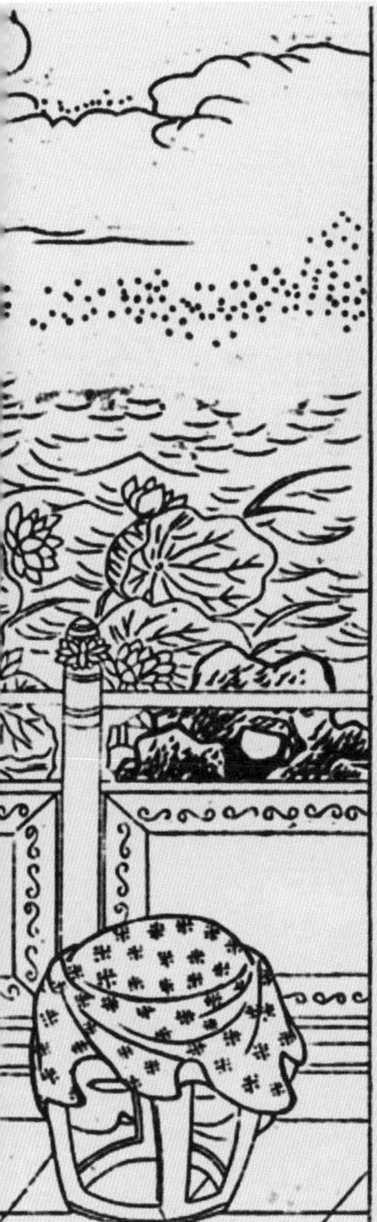

西宮秋怨　王昌齡

芙蓉不及美人粧
水殿風來珠翠香
却恨含情掩秋扇
空懸明月待君王

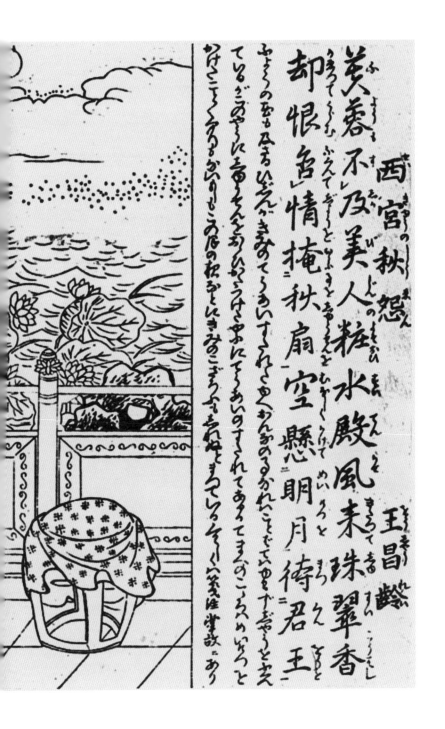

情之间。譬如玄言诗，“表面上似与时人爱好激情表现的态度相违异，实际倒是相反相成的”（杨明教授语）。我们当然也不妨这样来理解李白的这两句诗。

《月下独酌》

花间一壶酒，独酌无相亲。
举杯邀明月，对影成三人。
月既不解饮，影徒随我身。
暂伴月将影，行乐须及春。
我歌月徘徊，我舞影凌乱。
醒时同交欢，醉后各分散。
永结无情游，相期邈云汉。

清风

高贵生命的自由

清风洒六合，邈然不可攀。

李白的诗大多藐视权贵，浮云富贵。所以，严子陵也是他推崇的一个美的典型。

严子陵的现代意义，已经超出了政治。其实我们看人生的各种崇拜如权势的崇拜等，往往也不是别人给的，而是自己造成的。从中解放出来，方可得到生命高贵的自由。

《唐诗选画本》，日本宽政、文化、天保间刻本

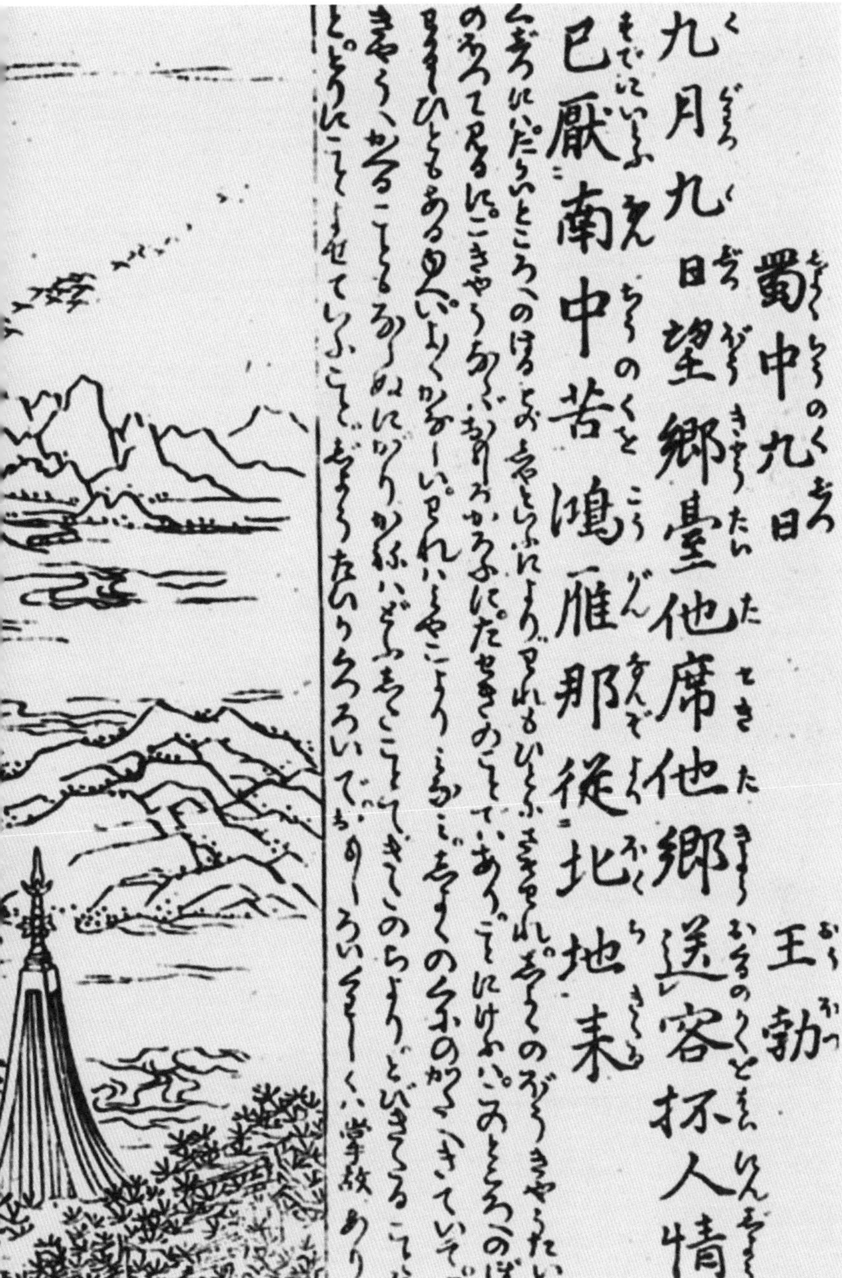
蜀中九日　王勃

九月九日望鄉臺他席他鄉送客杯人情

已厭南中苦鴻雁那從北地來

《古风》第十二首

昭昭严子陵，垂钓沧波间。
身将客星隐，心与浮云闲。
长揖万乘君，还归富春江。
清风洒六合，邈然不可攀。

联想

能令汉家重九鼎，桐江波上一丝风。

玉关

有情宇宙之大情种

秋风吹不尽，总是玉关情。

无边的温情的月光，与秋风吹不尽的捣衣声一样，是有情人无处不在的思念。诗人的心呵，无限辽远，也无微不至。

李白另一首写月光的诗《静夜思》：

床前明月光，疑是地上霜。
举头望明月，低头思故乡。

读这样的诗，一个是永恒的情思，一个是刹那的感动；又新鲜又古老，又简单又深邃。诗人李白，是有情宇宙之大情种。

《子夜吴歌》

长安一片月，万户捣衣声。
秋风吹不尽，总是玉关情。
何日平胡虏，良人罢远征。

焉知

中国最好的饮酒诗

但觉高歌有鬼神，焉知饿死填沟壑。

杜甫喝酒不多，但是他的《醉时歌》，却是中国最好的饮酒诗。

“忘形到尔汝”，不拘礼节，甚至不分“尔汝”，酒后见真性情。“清夜沉沉动春酌，灯前细雨檐花落”，完全是初春里喝酒的感觉，生命在春天里复苏，心情在夜色中跃动，醉酒之后如此空灵，也只有杜甫才写得出来。

“但觉高歌有鬼神”两句，我以为是中国诗人最尊贵的表白。“高歌”，四顾无人，只觉有鬼神来相和，这已经完全沉醉了。诗性生命的即景生情，可以完全进入自我的世界，与鬼神相来往，这一投入、自足的世界，也只有对诗歌有深切的迷醉，才能写出这样的诗，才能成为诗人，才能靠着文字，自成一个世界。

诗，只有这时，才与鬼神相关。

《醉时歌》

得钱即相觅，沽酒不复疑。
忘形到尔汝，痛饮真吾师。
清夜沉沉动春酌，灯前细雨檐花落。
但觉高歌有鬼神，焉知饿死填沟壑。

深山

不可一世的美

深山大泽龙蛇远，春寒野阴风景暮。

此句适合写成对联，挂在中堂里。有不可一世的美，以及内力充沛的生命。

这首诗是安史之乱前，杜甫写给一个想成仙的朋友孔巢父的。巢父，既是杜甫这个朋友真实的字号，又是古代一个著名的隐士。因着这个名字，全诗便有了一种仙气。诗歌的音调读起来也是很美的，既唱叹生情，又具有丰富多样的色彩。“掉头”“入海”写得极有力度，营造了豪宕的诗风。

好的歌行往往会具有“山随天地转”的特点。孔巢父不肯过一种平庸的生活，诗人每一句诗都变化着不同的情调。“诗卷长留天地间，钓竿欲拂珊瑚树”两句里意境便为之一转：把诗留在天地，人却上天入海，探寻瑰丽奇幻的风景。“深山大泽龙蛇远，春寒野阴风景暮”又转为一种幽深、郁勃、苍茫的意境。“蓬莱织女回云车，指点虚无是归路”又从缥缈、飞逸，转而为回家的路。“自是君身有仙骨，世人那得知其故。惜君只欲苦死留，富贵何如草头露”写得诗中有人。写诗写得又有议论，又有唱叹，正是杜诗的佳处。“惜君”的“君”指的是孔巢父，表明大家对孔的挽留之情。“富贵何如草头露”却表现出孔的一心向往归隐，不在乎世间的荣华富贵。“蔡侯”名虽不详，但“侯”字表明了其身份，乃是一位有道之士，他也应是送行的主要的人。“有余”这个词在古诗中是常常出现的，表示很浓厚、很丰富的意思。“清夜置酒临前除”，“罢琴惆怅月照席，几岁寄我空中书”，古人爱与天上的星月交流，爱在台阶上摆放美酒（“临前除”）。“几岁寄我空中书”表现的是宁静、高远、有情。当一切静下来，人便容易为离别而感伤。“道甫问信今何如？”不是一般的问句，和《赠李白》的“飞扬跋扈为谁雄”意义相同，流露了诗人对友人关切的心情。不管友人如何仙气十足，如何不可一世，老杜总是一样的温和敦厚。总之，这首诗风格变化万千，花样很多，意境从豪宕写到宁静。

《送孔巢父谢病归游江东兼呈李白》

巢父掉头不肯住，东将入海随烟雾。
诗卷长留天地间，钓竿欲拂珊瑚树。
深山大泽龙蛇远，春寒野阴风景暮。
蓬莱织女回云车，指点虚无是归路。
自是君身有仙骨，世人那得知其故。
惜君只欲苦死留，富贵何如草头露？
蔡侯静者意有余，清夜置酒临前除。
罢琴惆怅月照席，几岁寄我空中书？
南寻禹穴见李白，道甫问信今何如？

〔明〕项圣谟《王维诗意图册》，上海博物馆藏

夜阑

夜阑更秉烛，相对如梦寐。

选自杜甫名篇《羌村三首》(其一)。

杜甫在凤翔经历了一次政治危机，弃官左拾遗(为疏救房琯)，后有大臣解救，得到一个皇帝的“墨制”，即“放还省家”，其实是永不叙用。也就是因为他的耿直，从此断送了政治前途。这首诗表面上写杜甫在“安史之乱”后的颠沛流离，尝尽的种种人生苦痛、酸辛，以及随之而来的惊魂未定。文字的质地，非常真实。

“峥嵘赤云西，日脚下平地”，夕阳西下的景致，流露杜甫看见故乡时按捺不住的欣喜，其实也是写诗人自己。“柴门鸟雀噪，归客千里至”，山雀在柴门跳跃，平常的乡村小景，虽是最平凡、最朴素的景致，却是诗人心中想念千百遍的所在，因此“柴门鸟雀噪”在诗人的眼中仿佛是最具有灵性的风景了。“妻孥怪我在，惊定还拭泪”，一个“怪”，在古汉语中是惊的意思；生还这件事，真的太偶然了，乱世中的流离、漂泊、灾难让回家变得那么不易。“世乱遭飘荡，生还偶然遂”，补此二句，写出了反常，但在当时的背景下反而是正常的。“邻人满墙头，感叹亦嘘唏”，邻人为他们的团圆感动、落泪、庆幸。想想满墙头的邻人，那是中国最经典的乡村风俗画；而邻人的落泪，也是最典型的古老中国人情。某种意义上，中国自古而今，也就这邻人满墙头的景象，最像中国了。而“夜阑更秉烛，相对如梦寐”，梦么？真么？我回来了么？我的亲人真的在么？没有什么其他的诗能比这首小诗，更写得出深切入骨的人心、人情、人性了。

《羌村三首》（其一）

峥嵘赤云西，日脚下平地。

柴门鸟雀噪，归客千里至。

妻孥怪我在，惊定还拭泪。

世乱遭飘荡，生还偶然遂。

邻人满墙头，感叹亦嘘唏。

夜阑更秉烛，相对如梦寐。

春韭

夜雨剪春韭，新炊间黄粱。

我因为杜甫的这句诗，而喜欢吃春天的韭菜。

《赠卫八处士》是杜甫写友情写得最好的一首诗。全诗是那样的自然、亲切、家常。如果说李白飞在天上，那么杜甫就是站立于大地上的。“怡然”，发自内心的高兴，待客的古风体现在小儿女们的口中语。

诗意之中，表面的平淡与内在的张力，结合得那么好。朴实、厚实、明畅、婉转，好诗绝不声嘶力竭，中国诗歌重克制。

葡萄美酒夜光杯欲飲琵琶馬上催
醉臥沙場君莫笑古来征戦幾人回

《唐诗选画本》，日本宽政、文化、天保间刻本

“人生不相见，动如参与商。今夕复何夕，共此灯烛光？”这是从天上到人间的戏剧张力。烛光温馨、宁静。少壮能几时，鬓发各已苍。这是人生年岁的情感张力，力度十分，朴实而厚重。开头的“人生不相见，动如参与商”与末尾的“明日隔山岳，世事两茫茫”也呼应形成巨大的人生感怀的张力：前者写宇宙茫茫，后者写人世苍苍，在此背景中谈人情的关怀、人性的温情，人世的美便显得厚实而大气，没有这样的美，则是絮絮叨叨的小资。世事两茫茫的“两”字，下得何等好。各自茫茫，两人可能不能再见面，人生的真实底色就是这样的。

《赠卫八处士》

人生不相见，动如参与商。今夕复何夕，共此灯烛光？
少壮能几时，鬓发各已苍。访旧半为鬼，惊呼热中肠。
焉知二十载，重上君子堂。昔别君未婚，儿女忽成行。
怡然敬父执，问我来何方。问答未及已，驱儿罗酒浆。
夜雨剪春韭，新炊间黄粱。主称会面难，一举累十觞。
十觞亦不醉，感子故意长。明日隔山岳，世事两茫茫。

落花

落花的政治意象

正是江南好风景，落花时节又逢君。

李龟年是盛唐时的宫廷乐师。和平年代里，他常常出入于皇室贵族们的盛大宴会，老杜就是在那里远远地看见他的。他的音乐是人们有关一个伟大时代的集体记忆。所以，在诗人的心中，李龟年代表了诗人全部的国家认同、青春想象和人生理想。

然而，渔阳鼙鼓动地来，惊破霓裳羽衣曲。安史大乱，著名乐师雷海青毁了乐器。李龟年与文武百官一样流落他乡。孔子说，鲁国衰亡的时候，他的那些音乐老师，去齐国的，去楚国的，还有入了黄河的，入了大海的，乐官四散呀。文明毁灭，人道崩坏，不胜云天苍凉之悲。

从兴象的角度看，“落花”与“江南”是此诗的关键，写出了文化、美好的时代、家国一体衰亡的深深感叹。

中国诗歌讲“兴”，有当下性、真实性，写诗时刚好发生。杜逢李恰在江南暮春时节，落花寄托故国之思、家国之思，暗含着忧患意识和士大夫的悲哀。“又”，原先是在那样的场合那样的时间相遇，而今在落花时节又见面，无奈、伤怀、感叹并不表露，却已包含在一个“又”字之中，与第一、二句所写相对照，写出两次见面的极大反差。

宇文所安的《追忆》中提到，中国诗歌注重往日的价值，故追忆的作品很多。这首诗便是一个例子，一个“又”字表面上只是一次重复，实则用以掩盖重逢时的悲凉与感伤。

江南时空有双重身份：一者透过时空两人又回到盛唐的繁华；一者是真实的“安史之乱”以后暮春的江南相逢。宇文所安提出“透明的面纱”：蒙着面纱反而能更多地诱惑人们更多地看。此诗中，千言万语用一句话带过，用景来载情，用画面作一层神秘的面纱，使人更想深挖下去：他们所要表达的感情是什么?

但是宇文所安忽略了的，是诗的政治性，诗与文化心灵的深刻联系。在这首诗里，落花是故国的象征，也是诗人怀抱的象征。

更重要的是，落花的意象，从屈原、杜甫之后，变成了中国诗最重要的政治诗意象之一。凡是感叹时代、国族的衰亡，都会用到这个意象。最有名的近代诗案，就是王国维去世前写在扇子上的落花诗，那已经有更现代的、也更深刻的政治文化意蕴了。

《江南逢李龟年》

岐王宅里寻常见，崔九堂前几度闻。
正是江南好风景，落花时节又逢君。

好雨

好雨知时节，当春乃发生。

有一次，我在某城市讲演时提问学生，这首诗为什么要写雨？主旨是表达什么？

学生们有的说，雨代表了政府的政策，那时肯定是颁发了好政令。有的说，四川太干旱，下雨诗人就开心了。有的说，大概杜甫那时要升官了，心里高兴。

这些回答都不对。这表明，现代人不易了解古人；也表明，现代人达不到古人的心灵深处。

通过对自然物象（春雨）的描写，反映大自然的生命力，这是一种意象的美学。雨，是阴柔而隐含的自然力量。“润物细无声”这种大自然的力量，一旦来到人间，便会给整个人间带来一种生命的复苏。当时，在大唐遭遇到灭顶之灾，帝国最黑暗、最危机四伏的这样一个劫难的时刻，杜甫心里面想到的是春雨、希望。

这首诗，最能表现杜甫的仁者情怀。用中国哲学精神来表达，便是“仁者爱及万物”。仁者的情怀乃是大自然和宇宙背后的大爱。这种大爱，透过诗歌语言的背后表达出来。杜甫的仁者情怀，表现在他一生的经历中，也表现在他最重要的代表作之中。

为什么说这首诗有大的关爱，而不仅仅是一般的喜雨？我们读中间的两句：

野径云俱黑，江船火独明。

其实已经很清楚了。在那个漆黑如墨的世界里，依然还有一灯独明，执着地照亮着人间没有路的地方。这不正是老杜以仁爱之心，坚守于黑暗中国的自我表白么？

只要有光，就有爱；只要有爱，就有路，就有春天，就有生命的复苏。

《春夜喜雨》

好雨知时节，当春乃发生。
随风潜入夜，润物细无声。
野径云俱黑，江船火独明。
晓看红湿处，花重锦官城。

听猿

杜诗的音韵与阿炳的音乐

听猿实下三声泪，奉使虚随八月槎。

意象化的情感，这是叶嘉莹先生对《秋兴八首》组诗特点的概括。《秋兴八首》乃杜甫去世之前四年所作。此时的杜甫，经历了种种事变与人情的沧桑，人世间的种种情感、体验在经历了内心长时间的涵融之后，不再表现为真率的呼号、愤怒的执着，而是综合成为一种“艺术化的情意”。这便如同蜜蜂采蜜，采集百花最终却融为一种。这种情感，便是不同于其他情感的“意象化的情感”。其涵融的过程，便是一个提炼升华、抽象化的过程。

回顾杜甫一生的经历，他的《望岳》代表了他少年时期追求崇高理想的远大志向；而“三吏”“三别”则代表了中年时期对时代巨痛的良知的回应；至于晚年，杜甫逐渐将少年、中年求真、求善的追求打通，成为一体之“美”。这表现在诗歌创作上，便是其格律的精纯：一种精深华妙的、无可超越的诗艺巅峰。《秋兴八首》便是这种境界的代表。

此诗音韵极美。首联音质尤为重浊。前四字都含“乌”音，特点为重、浊、厚，吟诵者非浑厚之声而不能入其境。“每”“依”“北”“斗”，双唇音的叠用仿佛诗人心灵喃喃的吟唱，读来颇有沧桑感。音韵的运用在诗歌美学中很是要紧。如以下句例：

> 云千重，水千重，身在千重云水中，明月收钓筒。（陆游）

舌面音的运用使文句产生缥缈之美。

> 柳影深深细路，花梢小小层楼。（晏几道）

舌尖音的运用，使文句显得轻盈、柔美。

颔联中“奉使虚随”四字音极美。尤其是“奉”字拖长的颤音，唯有瞎子阿炳那如泣如诉的《二泉映月》方能为之作配，诗之缥缈、虚幻在一“虚”字中层层荡开去，而苍凉、凄清的心境也就随之一层一层地漫涌上来。

此诗结尾的特点在于“极其克制”。诗人寒夜望星辰，直望到夜将尽。时间的流逝，实际上也象征着生命的流逝、希望的流逝。然而诗人不再描述、嗟叹，只是指给我们看那月光映照下的芦荻花，于是一切就都随诗歌戛然而止。极为克制的煞尾，却带来极不平凡的意韵。

《秋兴八首》（其二）

夔府孤城落日斜，每依北斗望京华。
听猿实下三声泪，奉使虚随八月槎。
画省青炉违伏枕，山楼纷堞隐悲笳。
请看石上藤罗月，已映洲前芦荻花。

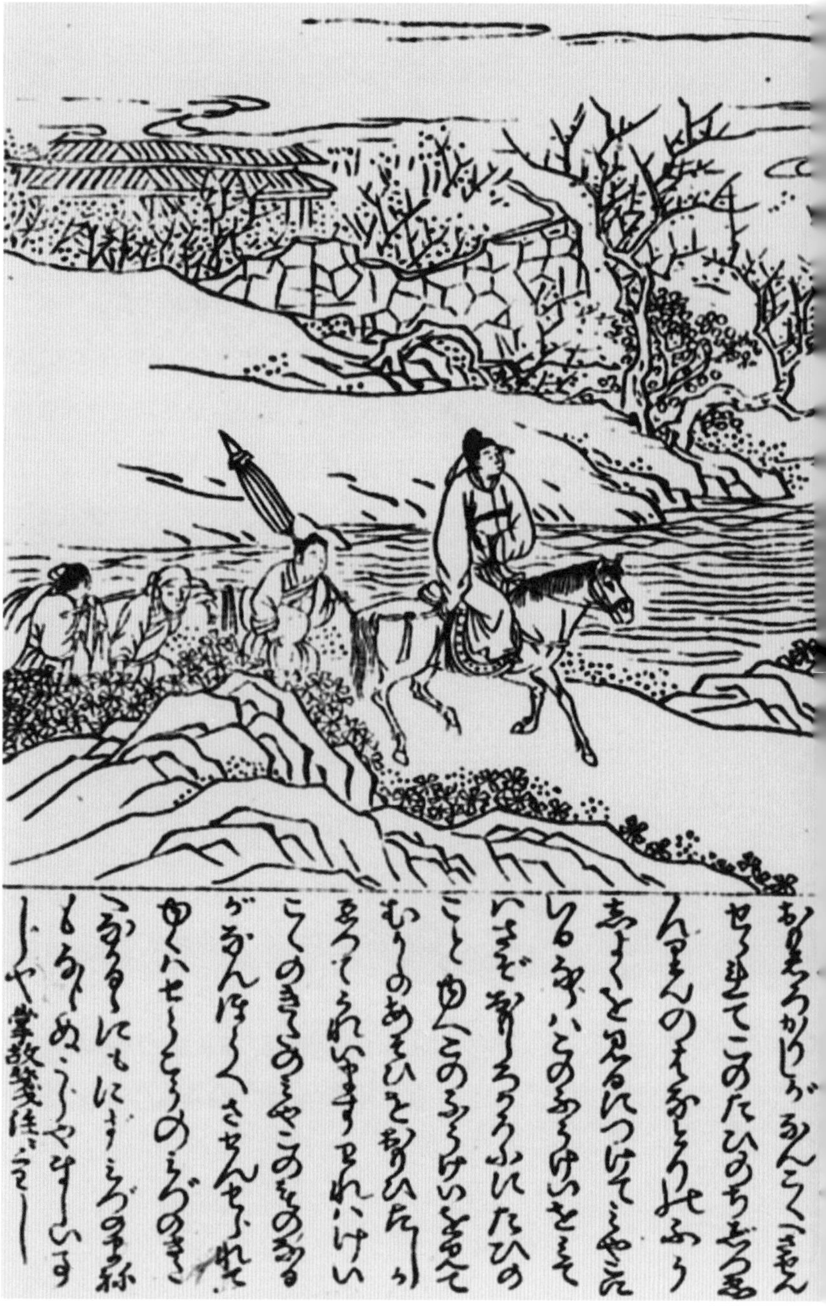

《唐诗选画本》，日本宽政、文化、天保间刻本

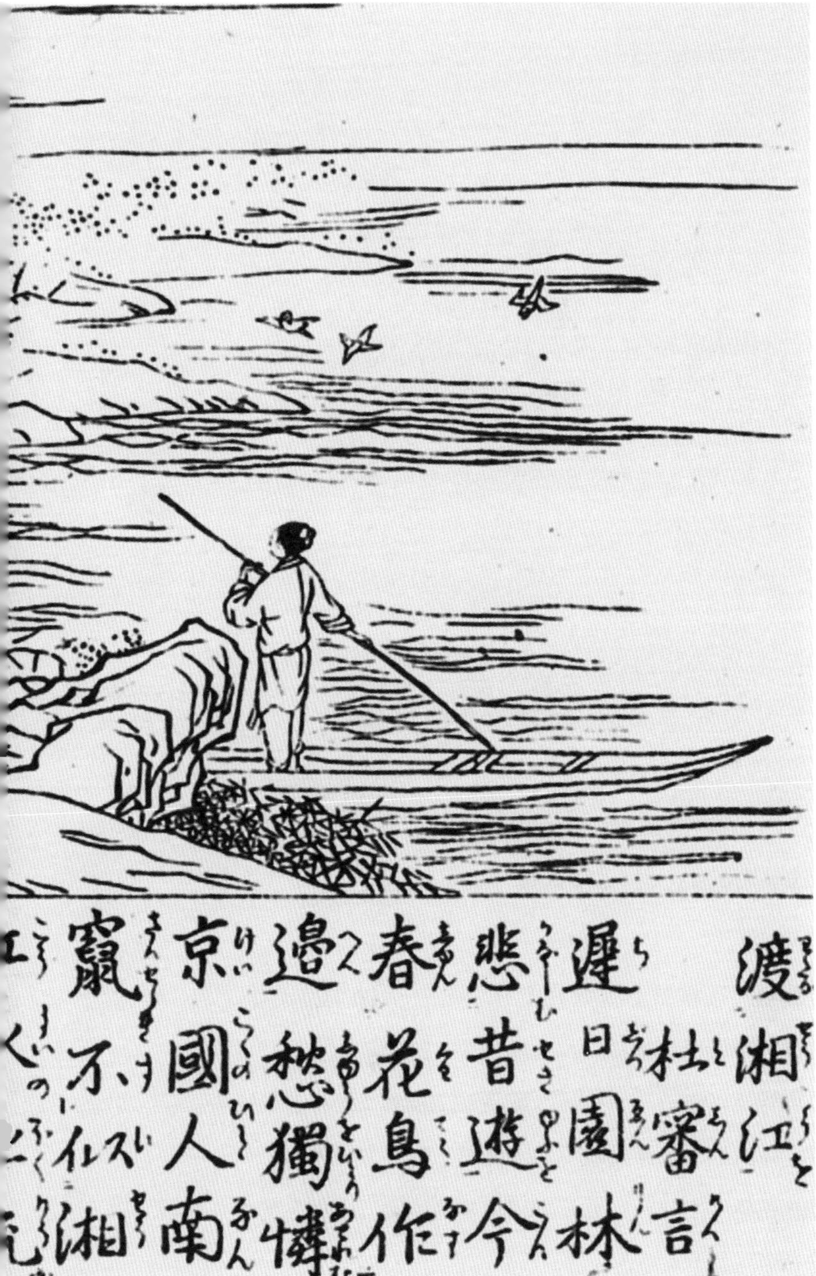

渡湘江
杜審言
遲日園林
悲昔遊今
春花鳥作
邊愁獨憐
京國人南
竄不似湘

无母

——没有母亲，如何不可悲？

母生众儿，有母怜之。独无母怜，儿宁不悲？

选自韩愈《履霜操》(《琴操十首》之一)。在这首诗中，孤儿是这样一个凄凉、寒冷、孤独的生命，这个孤儿犯了什么天大的罪，竟要将他放逐？为什么那是一个没有人的声音的死寂的世界？在这样一个满天霜雪的世界中，何处去“招魂”？去招回那“仁爱”之魂？“儿”的困境实是道出了“道”的艰难性——“道”是这首诗的主题。

诗中的后母虽然不好，但全诗无一句是在讲后母如何恶毒如何坏，而只是将重心放在自己（儿）如何因此而缺失了母爱，而这正是雅正文学的典范。诗歌通篇用呼唤式的语言、用问诘式的口吻写成，大有古风之遗音：不言他人之罪，而生命的困境已经展现出来。

母爱，在中国传统文化中是天地人伦的象征之一。此诗呼唤缺失的母爱，事实上也指斥了“天地失序”“人伦失序”，流露了一种仁爱的“道”的关怀。此诗亦不愧为“士”的文学，对于道义的关注显示出韩愈的担当胸怀。

《履霜操》（《琴操十首》之一）

父兮儿寒，母兮儿饥。儿罪当笞，逐儿何为？
儿在中野，以宿以处。四无人声，谁与儿语？
儿寒何衣？儿饥何食？儿行于野，履霜以足。
母生众儿，有母怜之。独无母怜，儿宁不悲？

蛾眉

一边是宛转蛾眉，
一边是高头大马

六军不发无奈何，宛转蛾眉马前死。

梁羽生的《大唐游侠传》第二十九回写道：

杨贵妃还存着万一之想，呜咽说道：“三郎（玄宗排行第三），你还记得那年七月七日，夜半无人，咱们在长生殿所说的话吗？”玄宗道：“在天愿作比翼鸟，在地愿为连理枝。妃子，朕是但愿生生世世都和你作夫妇的啊，唉——”门外军士喧哗之声更甚，玄宗面色如死，眼泪已流不出来，“唉”了一声之后，再也说不下去了。杨贵妃知道已经绝望，涕泣言道："为了陛下的江山，臣妾情愿任由陛下处置，只求乞个全尸！"玄宗也哭道："愿仗佛力，使妃子善地受生。"回头叫道："高力士，来！"取过一匹白绫，掷给高力士道："你带贵妃至佛堂后面，代朕送贵妃上升仙界。"佛堂后面有一棵树，高力士奉上白绫，杨贵妃便自缢在这棵树下，死时年三十有八。后来诗人白居易有一首《长恨歌》，写杨贵妃与玄宗之事，其中一段云："九重城阙烟尘生，千乘万骑西南行。翠华摇摇行复止，西出都门百余里。六军不发无奈何，宛转蛾眉马前死。花钿委地无人收，翠翘金雀玉搔头。君王掩面救不得，回看血泪相和流。"所咏的便是马嵬驿当日之事。

那么，真的是"六军"再也不愿走，要以那个美人为敌么？真的是"君王掩面救不得"么？其实，梁氏所写，只是小说家言罢了。他对于历史的暗面，可能言之甚少。

在当代唐史家的笔下，那个奉上白绫的高力士，其实正是杀害贵妃的真凶，是马嵬驿兵变的真正幕后主谋。而"三郎"，对于这一切内幕，完全是心知肚明的。

原来，"安史之乱"前，朝廷内乱之源就已伏，即以宦官高力士为代表的内朝与宰相杨国忠为代表的外朝之间，矛盾早已尖锐化了。高力士早就劝说过玄宗，不可再用杨国忠了。然而玄宗因贵妃的关系，还是不能舍，就留下了这个祸根。而那个高力士，绝不是一介粗人，他拉拢禁军首领陈玄礼，对分化禁军做了充分细致的准备。对“三郎”的心理也早就摸透：最高权力，已经架空，“三郎”不仅奈何不得，而且也只能依靠实权在手的高力士，才可能度过危机。而既然叛军的口号，正是要诛杀杨国忠，不正是给了高、陈剪除政敌的机会么？

所以，杀贵妃的真正动力，绝不是来自“门外喧哗的军士”，而三郎也绝不会“面色如死”，他其实早就做好一笔交易，政治与美色，只能牺牲后者。这是中国历史上，美人与江山，美与政治，最著名的博弈之一。三郎像大多数男人一样，选择的是江山、大权，而放弃的是美与深情。

因而，“宛转蛾眉马前死”，以高头大马为一方，以宛转蛾眉为一方，凝成了一座永远的雕像，诉说着中国中古最美丽的生命在政治与功利面前的苦痛挣扎。诗是没有心肝的历史的一副心肝，多亏有了白居易，写活了那个宛转多情的美丽生命，为历史敞开一有情之天地。

《长恨歌》

汉皇重色思倾国，御宇多年求不得。

杨家有女初长成，养在深闺人未识。
天生丽质难自弃，一朝选在君王侧。
回眸一笑百媚生，六宫粉黛无颜色。
春寒赐浴华清池，温泉水滑洗凝脂。
侍儿扶起娇无力，始是新承恩泽时。
云鬓花颜金步摇，芙蓉帐暖度春宵。
春宵苦短日高起，从此君王不早朝。
承欢侍宴无闲暇，春从春游夜专夜。
后宫佳丽三千人，三千宠爱在一身。
金屋妆成娇侍夜，玉楼宴罢醉和春。
姊妹弟兄皆列土，可怜光彩生门户。
遂令天下父母心，不重生男重生女。
骊宫高处入青云，仙乐风飘处处闻。
缓歌曼舞凝丝竹，尽日君王看不足。
渔阳鼙鼓动地来，惊破霓裳羽衣曲。
九重城阙烟尘生，千乘万骑西南行。
翠华摇摇行复止，西出都门百余里。
六军不发无奈何，宛转蛾眉马前死。
花钿委地无人收，翠翘金雀玉搔头。
君王掩面救不得，回看血泪相和流。

〔明〕项圣谟《王维诗意图册》，上海博物馆藏

黄埃散漫风萧索，云栈萦纡登剑阁。
峨眉山下少人行，旌旗无光日色薄。
蜀江水碧蜀山青，圣主朝朝暮暮情。
行宫见月伤心色，夜雨闻铃肠断声。
天旋地转回龙驭，到此踌躇不能去。
马嵬坡下泥土中，不见玉颜空死处。
君臣相顾尽沾衣，东望都门信马归。
归来池苑皆依旧，太液芙蓉未央柳。
芙蓉如面柳如眉，对此如何不泪垂。
春风桃李花开日，秋雨梧桐叶落时。
西宫南内多秋草，落叶满阶红不扫。
梨园弟子白发新，椒房阿监青娥老。
夕殿萤飞思悄然，孤灯挑尽未成眠。
迟迟钟鼓初长夜，耿耿星河欲曙天。
鸳鸯瓦冷霜华重，翡翠衾寒谁与共。
悠悠生死别经年，魂魄不曾来入梦。
临邛道士鸿都客，能以精诚致魂魄。
为感君王辗转思，遂教方士殷勤觅。
排空驭气奔如电，升天入地求之遍。
上穷碧落下黄泉，两处茫茫皆不见。

忽闻海上有仙山，山在虚无缥缈间。

楼阁玲珑五云起，其中绰约多仙子。

中有一人字太真，雪肤花貌参差是。

金阙西厢叩玉扃，转教小玉报双成。

闻道汉家天子使，九华帐里梦魂惊。

揽衣推枕起徘徊，珠箔银屏迤逦开。

云髻半偏新睡觉，花冠不整下堂来。

风吹仙袂飘飖举，犹似霓裳羽衣舞。

玉容寂寞泪阑干，梨花一枝春带雨。

含情凝睇谢君王，一别音容两渺茫。

昭阳殿里恩爱绝，蓬莱宫中日月长。

回头下望人寰处，不见长安见尘雾。

唯将旧物表深情，钿合金钗寄将去。

钗留一股合一扇，钗擘黄金合分钿。

但教心似金钿坚，天上人间会相见。

临别殷勤重寄词，词中有誓两心知。

七月七日长生殿，夜半无人私语时。

在天愿作比翼鸟，在地愿为连理枝。

天长地久有时尽，此恨绵绵无绝期。

却嫌

却嫌脂粉污颜色，淡扫蛾眉朝至尊。

张祜诗。一大清早，一个不施朱粉的女子，就驾着车，直奔皇帝的宫殿。诗人觉得不像话，因为，毕竟皇帝是一国尊严的所在，岂可以光着一张脸就去见的？但是他写来却不动声色。

不是说“女权”么？我们看到一个女性的美与权，结合在一起，可以到这个地步，也是诗歌里记录下历史的一大奇观。

杨贵妃有三个姐妹，其中一个姐姐，曾被封为“虢国夫人”，最厉害。她常常乘坐一辆紫骢马的车，由一个漂亮的小太监驾着，来往于皇宫之中。当时广为流传。尤其是，其人美艳过人，常常不施朱粉，朝见明皇，所谓“素面朝天”，就是这首诗的故事。诗人表面上写虢国夫人的气焰，没有说出来的一层意思，是暗写杨家一门的权势盖天。

譬如，他（她）们在长安城里，每造一楼宇，花费千万，只要看到别人有比自己更漂亮更宏大的，就拆了重造，工程还要日以继夜。

明皇每年十月都要“幸”华清宫，贵妃和她的两个兄弟、三个姐妹五家跟从，队伍浩浩荡荡，所过之处，掉了的绣花鞋儿，脱了的玉簪儿，散了的珠翠、玉钿儿，芳香了一路。

杨国忠与他的妹妹虢国夫人有私，走在路上，上朝途中，都在亲热，一点也不回避。当时人称为“雄狐”。“雄狐”意指狐狸淫行不避亲。昔时齐襄公淫于自己的亲妹妹，兽行无道，为国人不耻，《诗经》里齐国的士大夫就在诗歌里骂他。虢国夫人也是兽行无道之人。

《集灵台》（其二）

虢国夫人承主恩，平明骑马入宫门。
却嫌脂粉污颜色，淡扫蛾眉朝至尊。

联想

仙风道骨今谁有？淡扫蛾眉簪一枝。

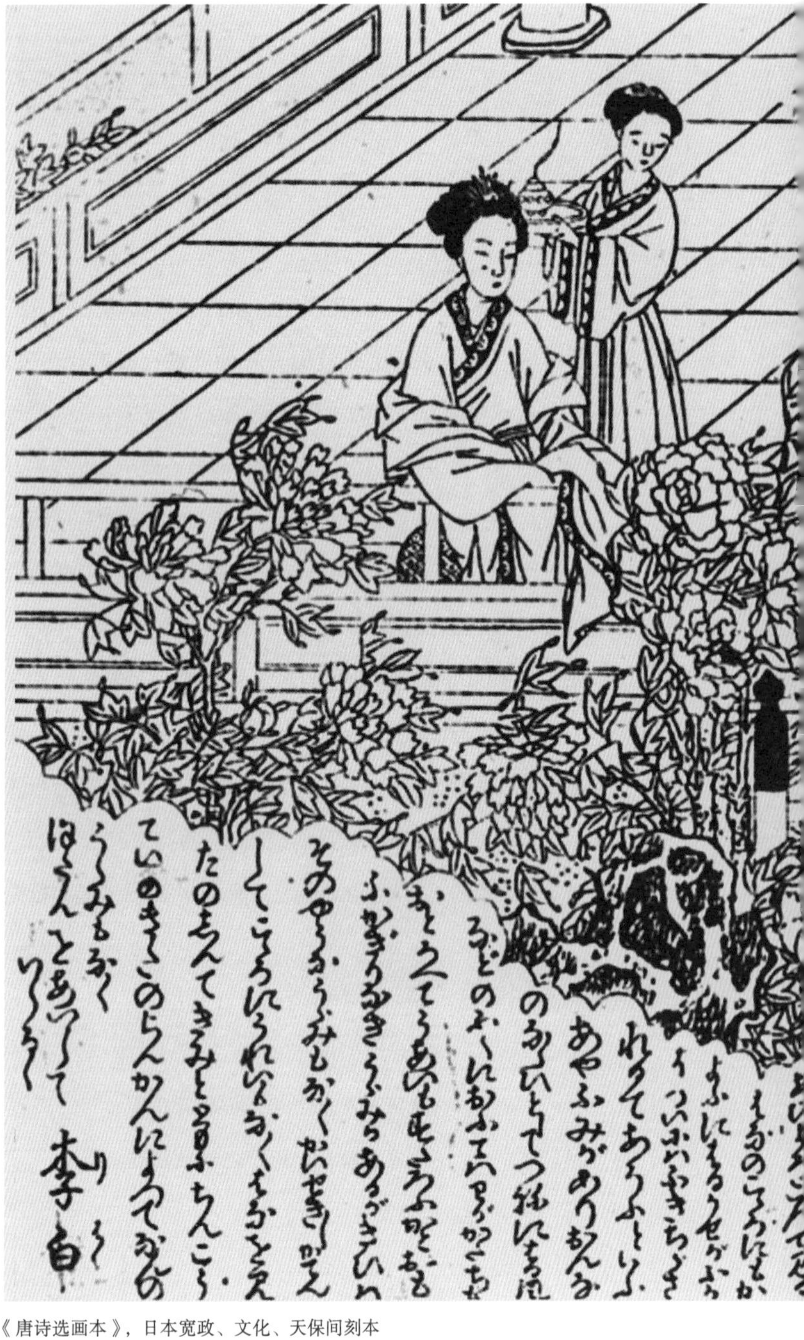

《唐诗选画本》，日本宽政、文化、天保间刻本

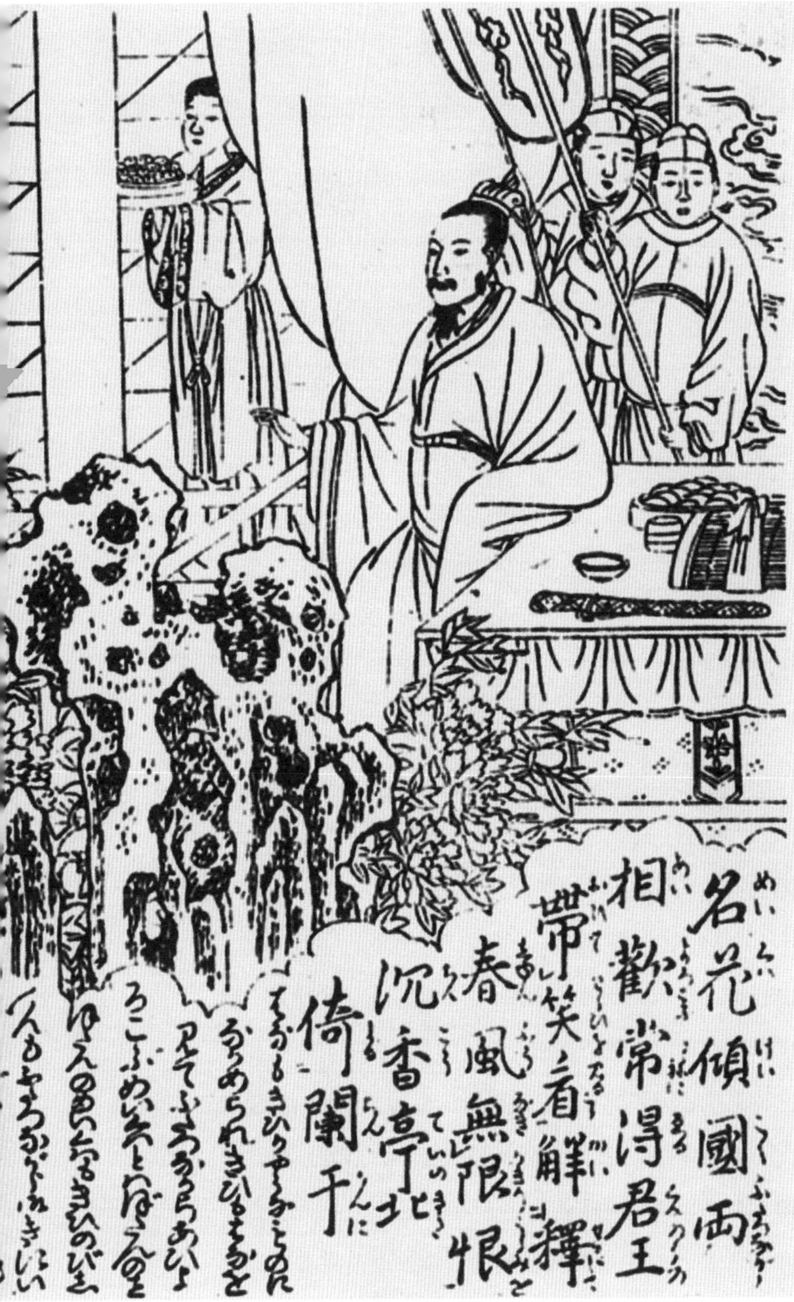
名花傾國兩
相歡常得君王
帶笑看解釋
春風無限恨
沉香亭北
倚闌干

夜归

无限的苍凉，无限的温馨

柴门闻犬吠，风雪夜归人。

唐人刘长卿《逢雪宿芙蓉山主人》，寥寥二十字，便是一幅雪夜人归图。苍苍远山，茫茫雪地，无边的暮色之中，那一片小屋，那惊起的犬吠，无限的苍凉，也无限的温馨。于是，漫漫风雪之中，那一帧晚归人的背影，渐渐趋向安宁，趋向止泊，竟如此充溢着生命满足的幸福感了。

这首小诗，是我心中最早接触到的唐诗，也是我心中深藏的最早的文学秘密之一。那年我十五岁，离家三百多里之外，去当工人。想家、想妈妈，想得在被子里偷偷地哭。

想家的时候，我就把唐诗一首首地读。那里面的情调，非常丰富，非常含蓄。有的迎合了我的乡愁，安慰了我的伤怀，有的又提高了我的生活勇气，有的又让我想很久，不能掩卷。唐诗是那个时候我心灵的朋友。每一首诗仿佛都有一个隐秘的符号，只有我和唐诗才能懂得。

至今记得，那是中国青年出版社出版的唐诗选本，封面上有一辆古代的马车。注释不多，一首诗常常就占满了一页。

读到刘长卿的这一首，我似乎就看到了那个风雪之夜回家的人的背影，我感觉那就是我的背影。

多少年过去，这一幅画面还时时记起。说明我的漂泊人生中，只有唐诗给我最温暖的慰藉。

《逢雪宿芙蓉山主人》

日暮苍山远，天寒白屋贫。

柴门闻犬吠，风雪夜归人。

钟声

姑苏城外寒山寺，夜半钟声到客船。

现在人们到苏州的寒山寺，大多会去听寒山寺的钟声。20世纪30年代，日本侵略军曾经打算将寒山寺的大钟整个运往日本，后来消息走漏，遭上海、江南各界强烈抵抗，才没有得逞。但是直到现在，几乎每年的新年都有来自日本的听钟旅行团，专程来到苏州，在除夕之夜感受夜半钟声到客船的意境。

张继的《枫桥夜泊》好在哪里呢？我们读这首小诗，在秋夜沉沉的背景里，冷月、孤舟、渔火，何其落寞、凄清、幽渺！声声鸦啼，阵阵钟声，似乎从生命的最深处，一下一下撩拨着诗人的心弦。此一首小诗，可以说每个字都发散着、传递着时代久远的生命情感信息。“何时最是相思处？月落乌啼霜满天。”（明・孙蕡）“北城月落乌啼夜，更是孤舟肠断时。”（明・张文潜）唐以后，这已成为中国诗人漂泊羁旅途中最销魂的风景。尤可注意的是，佛家也用此诗代指警醒人心的钟声：“月落乌啼，三千界唤醒尘梦。”（元・谢应芳《化城庵铸铜钟疏》）这表明有情世界即一大漂泊，何处才是止泊？

《枫桥夜泊》

月落乌啼霜满天，江枫渔火对愁眠。

姑苏城外寒山寺，夜半钟声到客船。

《唐诗选画本》，日本宽政、文化、天保间刻本

送司馬道士遊天台 宋之問
羽客笙歌此地違離筵數處白雲飛蓬萊
闕下長相憶桐柏山頭去不歸

清明

清明时节雨纷纷，路上行人欲断魂。

这首诗写清明时节的雨中心境。因为这一句“清明时节雨纷纷”，从此，清明就一定要有雨，才像是过清明节。

中国诗中的雨世界，发端于思乡、怀亲等基本的情感需求，到后来俨然成为无边丝雨织成的愁世界。唐人刘禹锡诗云：“巫峡苍苍烟雨时，清猿啼在最高枝。个里愁人肠自断，由来不是此声悲。”（《竹枝词》）是说即使没有猿啼的悲音，这纷纷、飘飘的雨世界，本身就足以教人肠断了。杜牧的名篇《清明》中，

“断魂”这个词儿，究竟是什么意思，恐怕真的说不清楚。但是这种体验却有普遍的性质：细雨纷纷，春衫尽湿，心头涌起莫名的忧伤，无端的感动。这时最需要有酒，或许不是消愁，是品味雨中愁情的美。

因而写雨中的风景，实际上是写人的心境：雨的迷蒙，表示着生命的某种缺憾，某种怅惘。刘长卿诗云：“瓜步寒潮送客，杨花暮雨沾衣。故山南望何处，春水连天独归。”（《送陆沣还吴中》）“独归”的风景中，便是心灵跌入一种无限的渺茫。山川草木，亭阁楼台，小桥曲径，本来是存在的，然而因为有了雨纱、雨幕、雨帘，便全都消失了，不再那么明明白白地存在了。

这正是唐人最经典的浪漫心情。

《清明》

清明时节雨纷纷，路上行人欲断魂。

借问酒家何处有？牧童遥指杏花村。

联想

昨夜邻家乞新火，晓窗分与读书灯。

吹箫

二十四桥明月夜，玉人何处教吹箫。

唐代的扬州城最为繁华。杜牧在扬州时，流连歌馆倡楼。后来离开了，想念得很，就写了《寄扬州韩绰判官》给友人。

有人说，二十四桥，是扬州当时著名的二十四座桥，每一座桥都有一个名字，这是一个说法。有人说，二十四桥其实只有一座桥，只是曾经一次聚集了二十四个美人在那里玩，所以就叫二十四桥了。又有人说，据说隋炀帝在一个月夜里，曾同宫女二十四人在那里吹箫，所以名二十四桥。这些说法都是有根据的。

二十四，也是中国语文中很美的数字。二十四孝，是曾参、董永等二十四个史上有名的大孝子；二十四史，是中国从大汉到大明最基本的史书；二十四番花信，是天地间四季常新的花期；花常开、史长存、人长在。二十四桥，正是中国江南最动人的桥。

还记得金庸笔下的黄蓉么？《射雕英雄传》中，黄蓉为了让郭靖学到洪七公的“降龙十八掌”，不断换着花样给洪七公做菜，其中一道菜就叫“二十四桥明月夜”：

> ……黄蓉扑哧一笑，说道：“七公，我最拿手的菜你还没吃到呢。”……洪七公品味之精，世间稀有，深知真正的烹调高手，愈是在最平常的菜肴之中，愈能显出奇妙功夫，这道理与武学一般，能在平淡之中现神奇，才说得上是大宗匠的手段。
>
> ……那豆腐却是非同小可，先把一只火腿剖开，挖了廿四个圆孔，将豆腐削成廿四个小球分别放入孔内，扎住火腿再蒸，等到蒸熟，火腿的鲜味已全到了豆腐之中，火腿却弃去不食。洪七公一尝，自然大为倾倒。这味蒸豆腐也有个唐诗的名目，叫作“二十四桥明月夜”，要不是黄蓉有家传“兰花拂穴手”的功夫，十指灵巧轻柔，运劲若有若无，那

嫩豆腐触手即烂，如何能将之削成廿四个小圆球？这功夫的精细艰难，实不亚于米粒刻字、雕核为舟，但如切为方块，易是易了，世上又怎有方块形的明月？

杜牧的佳诗，要到这里配上了黄蓉的美食，才算是良辰美景、赏心乐事、才子佳人，北京话说：“包圆儿了。”

《寄扬州韩绰判官》

青山隐隐水迢迢，秋尽江南草未凋。
二十四桥明月夜，玉人何处教吹箫？

襟韵

好山水与好性灵

千里云山何处好？几人襟韵一生休。

选自杜牧诗《自宣城赴官上京》。襟韵者，胸襟与韵度，所谓“高情旷致”者也。试问天下几人能有我这样的襟韵呢？生命情调，特别亮丽。诗人作此诗时，已在宣城“潇洒”走过“十秋”了。而宣城山水之好，上句一笔写尽；自我精神之美，下句也一口肯定。那么，这样好的山水、这样美的人品，就这样算了么？就这样算了么？

诗人借好山水，写出好性灵；也借好山水与好性灵，写出对生命无限的珍爱。

前面选的两句，是否定人的，这里选的两句，又是特别肯定人。

人的可怜与可爱，都是真实的。

《自宣城赴官上京》

潇洒江湖十过秋，酒杯无日不淹留。
谢公城畔溪惊梦，苏小门前柳拂头。
千里云山何处好？几人襟韵一生休？
尘冠挂却知闲事，终把蹉跎访旧游。

中国快乐人生的诗品

尘世

尘世难逢开口笑，菊花须插满头归。

选自杜牧诗《九日齐山登高》。此诗乃中国快乐人生的一个诗品。

中国人的一个哲学，即是一方面承认尘世不完满，另一方面又肯定万物皆有光辉。陶渊明说：“即事多所欣。”陶的菊花精神，不仅是气节，而且是风韵。菊花正是最不幸的花，所谓生不逢时，好不容易开了，寒天却要来临。然而它爱自己，养护自己，把自己当作快乐的源泉。

《九日齐山登高》

尘世难逢开口笑，菊花须插满头归。
但将酩酊酬佳节，不用登临恨落晖。

历史走入美的房间

烟雨

南朝四百八十寺，多少楼台烟雨中。

杜牧《江南春》。此诗犹如一幅江南水墨图，画意很浓。花柳酒旌之“丽”，楼台烟雨之“清”，清丽之中流动着一股疏落豪宕之气——“四百八十”“多少”，很深的山、很远的路、很悠久的庙宇。何等的规模，何等的感叹。

唐代中国，学者们称之为“佛化的中国”。儒门淡泊，收拾不住，佛教作为异文化，却在唐代同中国的山山水水融为一体了。诗人在这里，是感叹异文化的力量，大有“青山遮不住，

〔明〕项圣谟《王维诗意图册》，上海博物馆藏

毕竟东流去”的味道。

不过，一幅长卷，一曲咏叹，诗人美的创造，也超越了文化冲突的恩恩怨怨，成为别一种历史的力量。

一旦诗人用沧桑流变的眼光看历史，就唱叹生情，历史就走入了美的房间。

《江南春》

千里莺啼绿映红，水村山郭酒旗风。
南朝四百八十寺，多少楼台烟雨中。

一夕

江南的才子与风光与深情

一夕小敷山下梦，水如佩环月如襟。

杜牧此诗题为《沈下贤》。沈下贤，字亚之，中唐抒情作品大家，有传奇小说类作品存世。史称“工为情语”。杜牧作此诗时沈已亡故。其为湖州雪溪人氏。雪溪，是湖州最著名的风景胜地，唐诗中多有提及。张志和那首著名的《渔歌子》，“青箬笠，绿蓑衣，斜风细雨不须归”，即写雪溪。

以“水月”意象来比喻沈亚之的文采风流，文人的气质空灵脱俗，没有比“水”和“月”更好的形容了。此诗体现了杜牧诗风的“清丽”之美。

把江南的才子、江南的风光、江南的深情，写入一诗，这是很值得吟诵的名句。

《沈下贤》

斯人清唱何人和，草径苔芜不可寻。
一夕小敷山下梦，水如佩环月如襟。

扁舟

老杜也写不出的诗句

永忆江湖归白发，欲回天地入扁舟。

李商隐的诗中，我认为这两句最具有他的胸怀。王安石晚年喜欢吟诵这两句，曾说过:“虽老杜无以过。”意思是说，即使老杜着笔，也写不出这样的诗句。

这年诗人科举落选，寄人篱下。落选的原因是因为牛李党争。有人认为他背恩，投靠了李党的王茂元，而考官中，有人是牛党，看见李商隐的名字，就把他打了个不及格。

开头伤春、登高、望远，是青年李商隐爱美、崇高、青春奋发而不得志的形象表现。诗人怀才不遇，虽比王粲自负，一直期待可以找到更好的依靠，心里却像“贾生”那样感时忧国而

《唐诗选画本》，日本宽政、文化、天保间刻本

无可奈何。(贾谊《陈政事疏》:“臣窃唯今之事势,可为痛哭者一,可为流涕者二,可为长太息者六。”)

“永忆江湖归白发,欲回天地入扁舟”,两句之中有三层意思:

其一,在仕途当中,永远向往着自由自在、无拘无束的“江湖”。

其二,但是天要变、地要陷,不能不管,我要回天救地。写出了诗人的豪杰之气。

其三,功成名就之后,扁舟一叶,飘然而去。

这两句诗写出一种高阔的意境和感慨的深情,有诗义的复杂转折,语言的质感很好,所以称得上是好句。

“不知腐鼠成滋味,猜意鹓雏竟未休。”是取庄子和惠施之典,来讽刺当时的考官,也讽刺当时的科举:李商隐是何等样的人,你以为他考不上就完蛋了么?你以为他像你们那样都喜欢抱着腐烂的老鼠不放么?

《安定城楼》

迢递高城百尺楼,绿杨枝外尽汀洲。
贾生年少虚垂泪,王粲春来更远游。
永忆江湖归白发,欲回天地入扁舟。
不知腐鼠成滋味,猜意鹓雏竟未休。

嫦娥

——不死心的寂寞

嫦娥应悔偷灵药，碧海青天夜夜心。

李商隐写嫦娥的名句。

古代的英雄后羿向西王母请不死之药，嫦娥太爱广寒宫的美丽了，太爱自己的灵心了，就偷来灵药吃下去，于是就得忍受着亘古如斯的长夜。

“碧海青天夜夜心”，这个意象多么好呀。人心死了，也就算了。但凡是心不死的人，都得忍受亘古如斯的长夜。

李商隐是古代诗人中，最懂得自珍、自爱，而同时也是最懂得爱美的代价的诗人了。他还有一首诗《霜月》：

初闻征雁已无蝉，百尺楼高水接天。
青女素娥俱耐冷，月中霜里斗婵娟。

写出了“青女素娥”的清高不俗。“婵娟”是美丽、美好的意思，而“月中霜里”写出了天的孤高。可在如此高寒孤清之美中体会生命情调的美好。

所以，前人争论说李商隐写嫦娥，是悼亡，是影射女道士，都不能真正读懂他。而前人说他以月中折桂来自比他应举之后的怀才不遇，也只是一方面。

《嫦娥》写嫦娥也就是写诗人自己。“应悔偷灵药”是反话，写出诗人自己有如嫦娥一样在孤高的天际独来独往。

《嫦娥》

云母屏风烛影深，长河渐落晓星沉。
嫦娥应悔偷灵药，碧海青天夜夜心。

梦雨

在不确定中遥想天意

一春梦雨常飘瓦，尽日灵风不满旗。

这是我最喜欢的李商隐诗句，是义山诗中最美丽的一颗明珠。

圣女祠乃道观，李商隐与女冠、宋真人等的爱情故事通过道教的典故表达出来。“白石岩扉碧藓滋”，写出仙人所在处的幽居寂寞，也写出时光的流逝。“上清沦谪得归迟”，圣女被贬谪，何时才能回天上呢？圣女可能指意中人，也可能指自己。“一春梦雨常飘瓦，尽日灵风不满旗。”雨用梦形容，写出迷蒙，

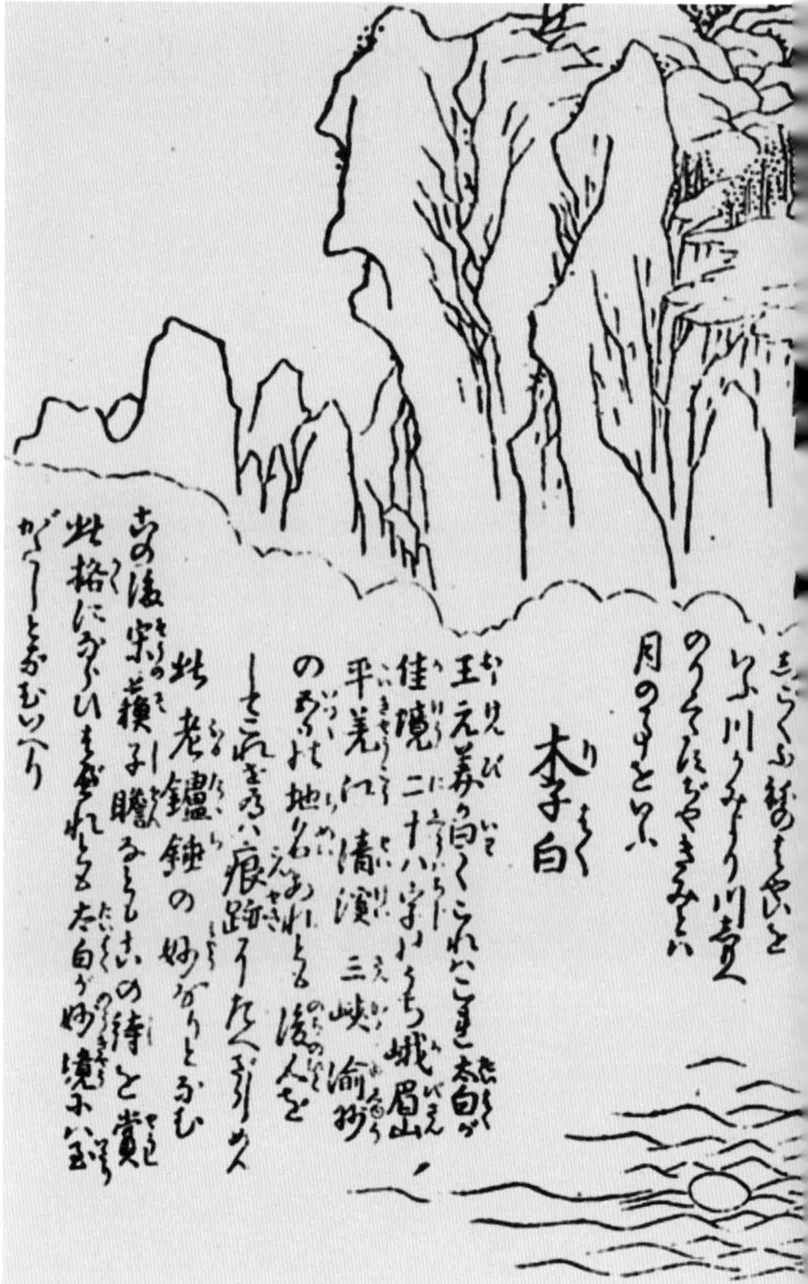

《唐诗选画本》，日本宽政、文化、天保间刻本

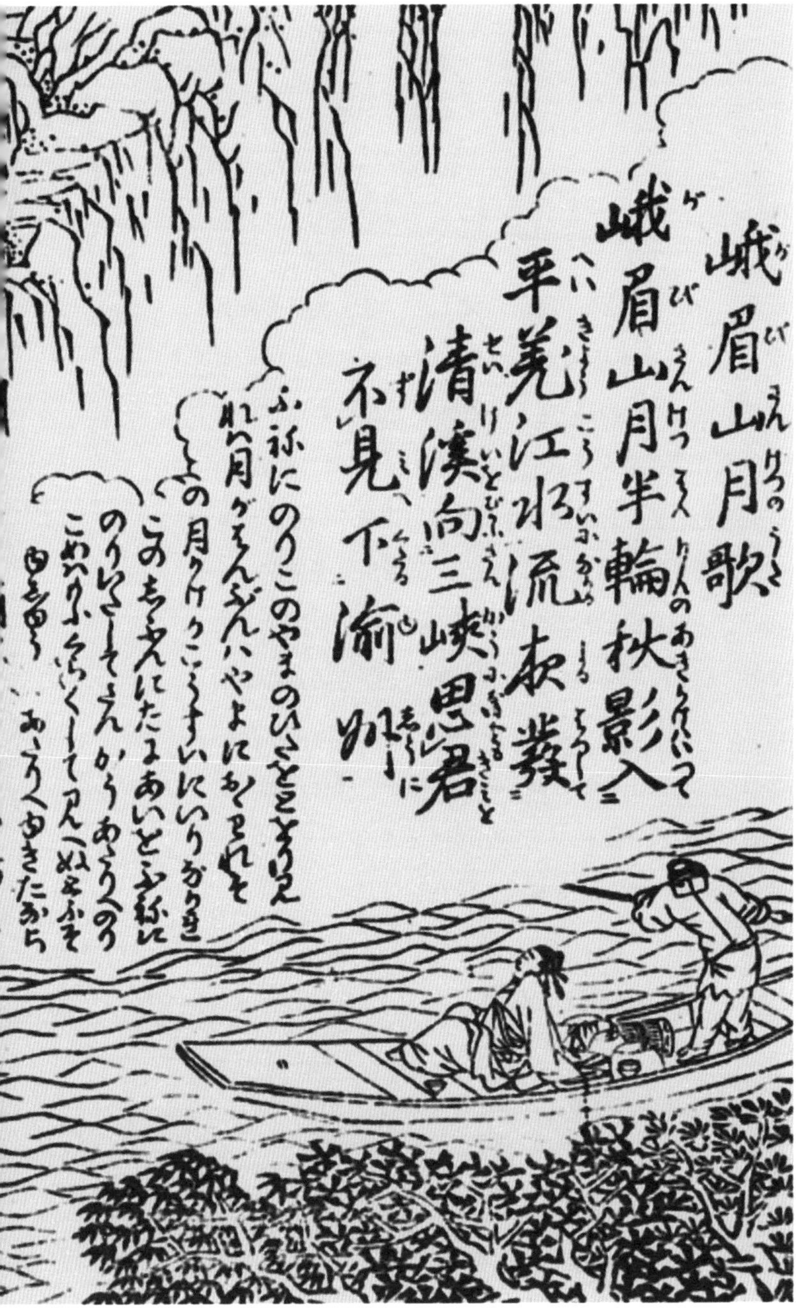

峨眉山月歌
峨眉山月半輪秋
影入平羌江水流
夜發清溪向三峽
思君不見下渝州

那雨，也正是江南似有若无的烟雨。“常”与“梦”相反，既肯定，又怀疑、虚幻。这句诗的意象温暖，表明常有温暖的信息来到诗人身边；但这种温暖易逝，空幻如梦，如鬼如魅，若有若无。虽然每天有灵风带来天上的讯息，但从“不满”的旗上，又见不全那灵风的踪影。这两句表达一种遥想，虽不确定，但又不放弃希望，不管是对天意还是对女性。“萼绿华来无定所，杜兰香去未移时。”萼绿华、杜兰香是两个仙女，都与世间凡人生活过一段时间，给凡间带来美好，但都回到天上了。写这两个仙女，更加强了不确定性。“玉郎会此通仙籍，忆向天阶问紫芝。”玉郎：专管仙女应在天上还是人间。紫芝：童子。此诗代表李商隐爱情诗中的一种结构，即在不确定中遥想天意。

在不确定中遥想天意，也是现代人的命运呵。

《重过圣女祠》

白石岩扉碧藓滋，上清沦谪得归迟。
一春梦雨常飘瓦，尽日灵风不满旗。
萼绿华来无定所，杜兰香去未移时。
玉郎会此通仙籍，忆向天阶问紫芝。

水隔

白玉和白瓷的意味

水隔淡烟修竹寺，路经疏雨落花村。

我喜欢杨徽之《寒食寄郑起侍郎》中的这两句。每一个中国诗人心中，都有一座“淡烟修竹寺”，有一个“疏雨落花村”。中国诗的发展，到了宋代，有了寺，有了村，也就不是纯粹的荒野自然，而有了人的人文活动、人的顾念流连。

唐代人只知道吴道子的大山大水，那时候王维的画并不太主流。到宋代开始了一种隐隐的变化，人们开始觉得简单的山水好了。这两句也预示了一种清雅平淡的诗美学，有宋元山水小景的意味，有白玉和宋代白瓷的意味。

《寒食寄郑起侍郎》

清明时节出郊原，寂寂山城柳映门。
水隔淡烟修竹寺，路经疏雨落花村。
天寒酒薄难成醉，地迥楼高易断魂。
回首故乡千里外，别离心绪向谁言。

两潮

宇宙的神经

天地涵容百川入，晨昏浮动两潮来。

选自宋人赵抃的《次韵孔宪蓬莱阁》。我对这样的观潮诗最欣赏了。前一句是说天地之大，涵容百川之美富；后一句写宇宙之妙，均衡万类之盛衰。还有比这好的对子么？张之于蓬莱阁的上面，如何？

现代诗写人的现代感觉，不是不好，而是只知道有现代人，而不知道有古人，不懂周易四象与老子之道，没有了太空的眼睛和宇宙的神经，所以浅小了。

［明］项圣谟《王维诗意图册》，上海博物馆藏

驚濤亂水
脉驟雨暗
峯文

宇宙的神经，最是宋人追求的了。有这种感觉和没有这种感觉，不一样。看宋人曾巩的《西楼》："海浪如云去却回，北风吹起数声雷。朱楼四面钩疏箔，卧看千山急雨来。"写出了豪杰气象。我最喜欢诗人在暴风雨来之前兴奋异常，将东西南北四面窗皆打开，看千山急雨，体认山川，融入宇宙。

《次韵孔宪蓬莱阁》

山巅危构傍蓬莱，水阁风长此快哉！
天地涵容百川入，晨昏浮动两潮来。
遥思坐上游观远，愈觉胸中度量开。
忆我去年曾望海，杭州东向亦楼台。

鉴中

影之美

入郭僧寻尘里去，过桥人似鉴中行。

为什么那个僧人的背影，竟是朝着城市的方向而去?

为什么城里来的人，又如此行走在明镜之中?

这首诗，包含着中国文化的一个秘密。

张先诗“入郭僧寻尘里去”，表明僧人入于城市红尘之中。宋代宗教很有人间味道，寺庙多修于城市之中，与唐代的深山修行不同。用“积水”“门静”“山影”“鉴中”等，诗人将这一寺庙写得很“清”，同时又有人间味道。是宗教的世俗化，又是世俗的宗教化。其实“清”的美学，也是即人文即宗教，即世间而超世间。

张先有“张三影”的称号。他有三句最有名的诗句，都有一个“影”字，分别是：“云破月来花弄影”“娇柔懒起，帘幕卷花影”“柔柳摇摇，堕轻絮无影”。

“影”为什么美？佛家不是说，人生只是如电如露，只是梦幻泡影么？然而人生要义，即于无相无住中，把握本然。禅宗明此，更不立二元，转而注重现象与世间，即不舍弃梦与影，于梦影之世间求自我之证立与解脱。

“清”也是从世间物象中提纯的一种“影”之美。明明是梦，明明是幻，明明是浑沌的世间，偏偏可以发现其中的“清”与“影”之美。所以，“清”也是一种生命升华的观照。

《题西溪无相院》

积水涵虚上下清，几家门静岸痕平。
浮萍破处见山影，小艇归时闻草声。
入郭僧寻尘里去，过桥人似鉴中行。
已凭暂雨添秋色，莫放修芦碍月生。

棋罢

棋罢不知人换世，酒阑无奈客思家。

我读这两句诗，竟读出典型的中国人的感叹：人生在世，却永远向往着超越的棋中天地；人心超世，却终究回归于思家的现实心情。

天下没有长醉不醒的酒，当然也不能下永远无结局的棋。然而，毕竟有酒，也有棋。

欧阳修的《梦中作》那样的空灵宛转，那样的唱叹奈何，典型的宋诗中的唐诗，深得唐诗葱茏迷离之美。

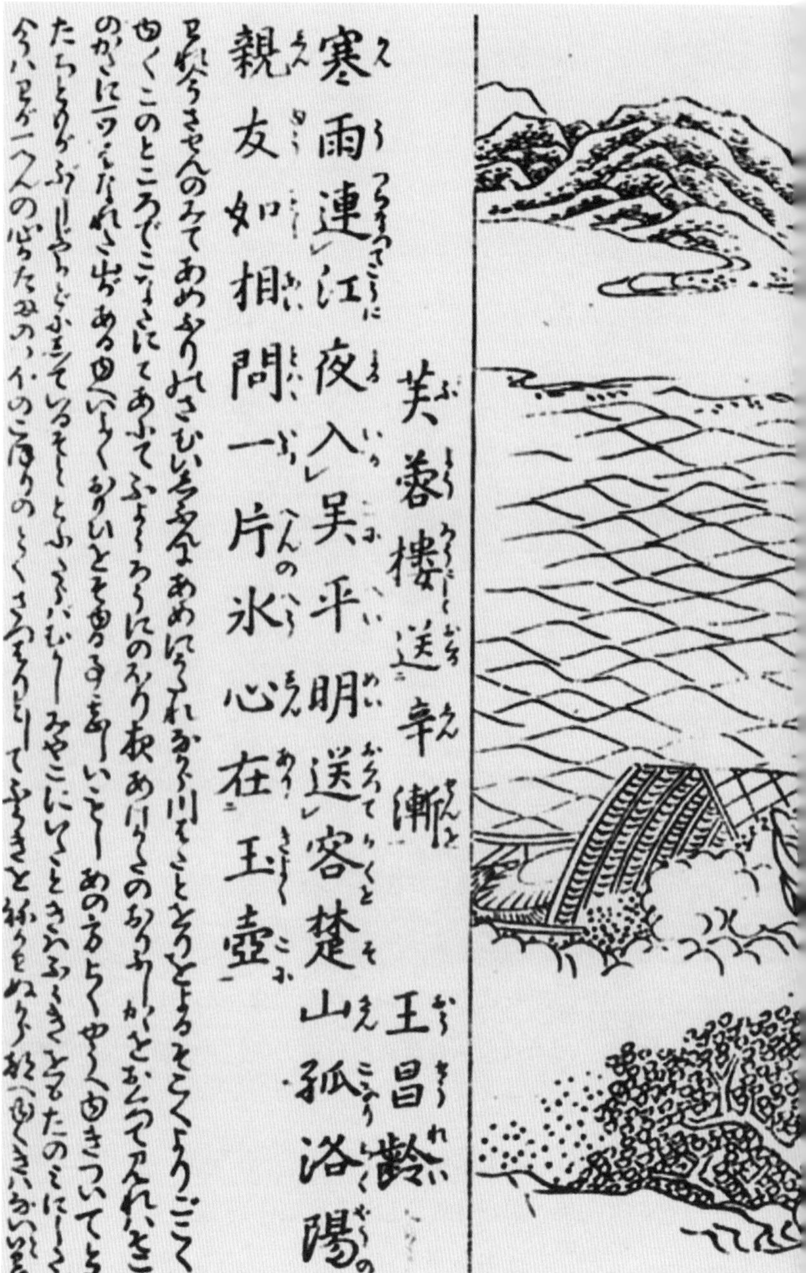

芙蓉樓送辛漸
王昌齡
寒雨連江夜入呉
平明送客楚山孤
洛陽親友如相問
一片氷心在玉壺

《唐诗选画本》，日本宽政、文化、天保间刻本

一、二句的背后，似有传说中的林间仙子与湖上精灵的影子晃动。

最后一句写到了酒醒后又思念家乡，又神仙化，又人间化，融合在一起，空灵幽美，或者是用思家来更强调了不思家。用人间的意象来翻上去强调神仙的意象。

明代杨升庵认为：此诗一句一绝，四句写四种不同的意境，看似无甚联系，实则意连句圆，与诗题结合，方知其中妙处，即具有“梦”思之美，即似断实连，神理绵绵，而又扑朔迷离。

《梦中作》

夜凉吹笛千山月，路暗迷人百种花。
棋罢不知人换世，酒阑无奈客思家。

促织

宋人比唐人年纪大

知有儿童挑促织，夜深篱落一灯明。

选自宋人叶绍翁的思乡诗。在船上，秋风起时，想家了。想到也是秋天，也是这个黄昏的时候，蟋蟀叫了，墙边，屋角，篱笆门，家乡的小孩子，一个个还不睡，点着一盏盏小灯，不正在挑蟋蟀么？

唐人在外面想家了，就是想亲人如何思念，就是说自己如何相思，就是说故乡的梅花如何，柳树又如何。而宋人就要更多说到童年生活的旧事，这就有了亲切的记忆。记忆是有个人生命相亲的印记的。不是唐人思乡诗不好，而是他们太当下，太感发，而不知人与自己历史的关系，不知人是有童年记忆的动物。

噢，我在外面也二十多年了，想起家乡的时候，也多是童年生活的情景：放学回家时刻下记号的那棵梧桐树，那一扇永远不开启的废宅大门，每天都遇见的那短发女孩的神情，常常逃学去看书的书摊，茶馆里下棋的一个有六个指头的老头，以及埋在后院里腐烂的那把老虎钳子……

人越是年纪大，就越是多想过去。宋人比唐人年纪大，人诗俱老。

《夜书所见》

萧萧梧叶送寒声，江上秋风动客情。

知有儿童挑促织，夜深篱落一灯明。

此生

珍惜此在的美好

此生此夜不长好，明月明年何处看。

苏轼《中秋月》写时间变幻流逝，其实暗含一种思路：此生的中秋都过不好，那么来生的中秋又在哪里过呢？问得很简单质朴，叹惋而蕴涵哲理，又极富感情，一种简单的美，尤其在诗眼："此生此夜"，更点出要珍惜此在。尽管人生那么无奈，此在的生命也有神圣的人生的美，那不只是彼在超越的生命才有的。在中国文化中，苏东坡突出地发现了这一点，在很美的诗歌中表达。

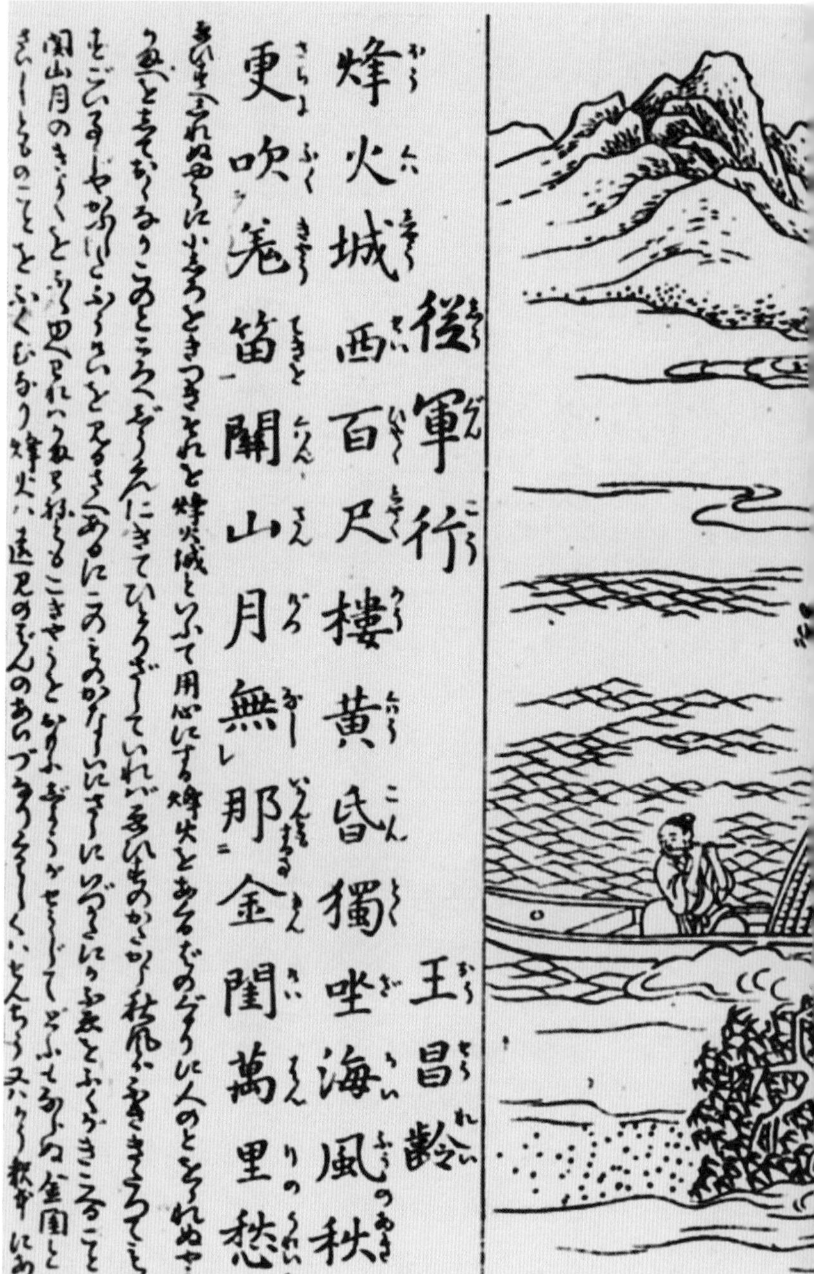

從軍行

王昌齡

烽火城西百尺樓
黃昏獨坐海風秋
更吹羌笛關山月
無那金閨萬里愁

《唐诗选画本》，日本宽政、文化、天保间刻本

不只意境很美，诗歌的音节也美，齿音连绵而出，正是无限珍惜徘徊流连之意。唇音珠流，则表达出留恋不舍之情。唇齿音的使用表达出对生命的流连和热爱，唱叹生情。这是写中秋夜最好的诗之一。

《中秋月》

暮云收尽溢清寒，银汉无声转玉盘。
此生此夜不长好，明月明年何处看。

联想

忽然觉得今宵月，元不黏天独自行。

独自

不牵挂的心，如天地间的精灵

忽然觉得今宵月，元不粘天独自行。

选自宋人杨万里写中秋的诗《八月十二日夜诚斋望月》。

王国维曾以科学眼光读此诗，说杨万里那时就懂得了月亮自转，诗人想象，通宇宙原理。其实王氏是借此推崇想象力。没有人说王国维是附会科学。

其实，杨万里不是推重想象，而是推重性灵。“元不黏天独自行”，变自然现象而为理趣。当是写不牵挂的心，如天地间的精灵，而不是写天体运动。这首诗强调人的精神意态的透脱、洒脱，有一种汉子气，恰如月在天上甩臂独行，自由自在。

同是月亮，有不同的发现，这就是诗。表达得美，就是诗人。

《八月十二日夜诚斋望月》

才近中秋月已清，鸦青幕挂一团冰。
忽然觉得今宵月，元不黏天独自行。

庐山

人是求真的动物

不识庐山真面目，只缘身在此山中。

明代的学者杨升庵说："予尝言东坡诗'不识庐山真面目，只缘身在此山中'，盖处于物之外，方见物之真也。吾人固不出天地之外，何以知天地之真面目欤？"(《丹铅总录》)

对于苏东坡《题西林壁》的所有解释中，我最喜欢杨升庵的这番话了。

我们为什么要学习很多知识？为什么要知道宇宙与历史的过去与未来？我们为什么要了解别的民族别的国家的文学、哲学与宗教？其实，都是为了“处于物之外，方见物之真”。只有从更大的尺度、更广的范围，才能通过比较，通过参照，看清眼前的事物。换句话说，一切的知识都不是为了那知识本身，而是为了获得一种角度与参照，来认识我们自己的世界，认识我们自己的庐山真面目。身在此山中，是永远不可能了解与认识此山的。

除非，你根本就不想了解庐山真面目。因为了解庐山真面目，其实也不一定就能真正帮助你改变什么，或创造什么。也不一定能增加你的生命的意义，提高你的生活的幸福指数。因为有时候，活在庐山之中，往往也是十分安逸的。然而人是意义的动物，而意义是深刻整体的，而不是肤浅片面的。有一点是可以肯定的，其实，人是求真的动物。

求真，就要跳出庐山去认识庐山。

《题西林壁》

横看成岭侧成峰，远近高低各不同。

不识庐山真面目，只缘身在此山中。

只恐

东坡与海棠

只恐夜深花睡去，故烧高烛照红妆。

东坡被贬到黄州时，在定惠院曾写海棠诗：“江城地瘴蕃草木，只有名花苦幽独。”“孤独”意味很深。诗的题目是《寓居定惠院之东，杂花满山，有海棠一株，土人不知贵也》。东坡其实也是用典，暗指白居易的《东坡种花二首》诗：

花枝荫我头，花蕊落我怀。
独酌复独咏，不觉月平西。

《唐诗选画本》，日本宽政、文化、天保间刻本

從軍行　王昌齡

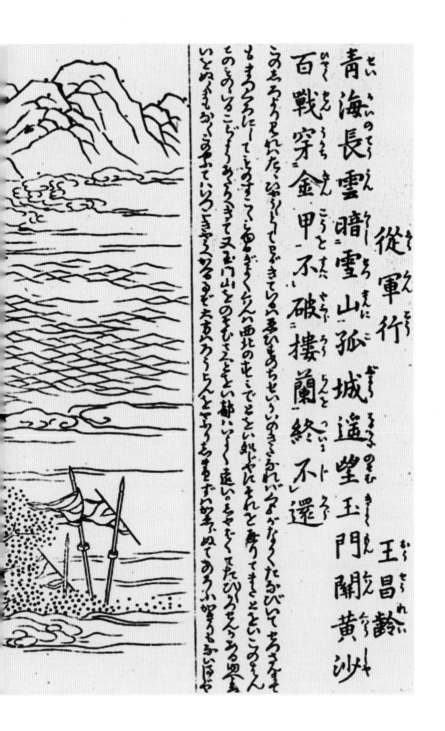

青海長雲暗雪山　孤城遙望玉門關
黄沙百戰穿金甲　不破樓蘭終不還

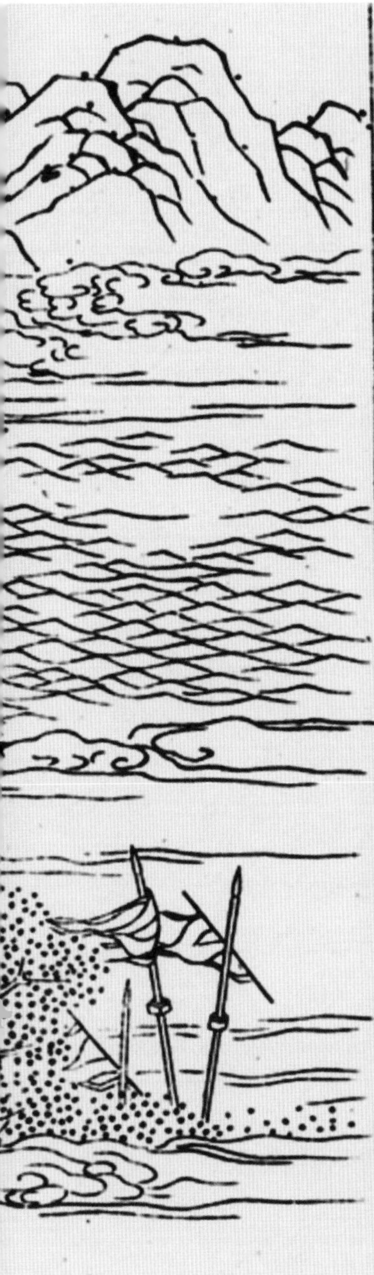

巴俗不爱花，竟春无人来。

很巧的是，白居易关于海棠的那首诗，竟然题目赫然有“东坡种花”四个大字，尽管，白居易的“东坡”，不是人名，而是地名。冥冥中的缘，也够奇特的了。难怪东坡三百年后，会有“土人不知贵”的自我写照。

所以，东坡的怜香惜玉，其实是对于自己所怀抱的理想，所珍视的人格的一种执着的歌赞。

关于东坡与海棠，还有一个故事：东坡在黄冈的时候，常常让官妓清歌陪酒，那些女子都拿着纸来请求诗人写下歌诗，东坡往往顺随她们的意思书写歌词。只有一个叫李宜的歌女，独独没有得到东坡的赠词。有一天李宜再次请求，东坡乘着醉书写了两句：“东坡五载黄州住，何事无言赠李宜？”后面的句子，一时却写不出来了。要离开的时候，忽然想到杜甫在四川时，没有写一首关于海棠的诗，就挥笔续写两句：“却似西川杜工部，海棠虽好不吟诗。”

东坡为什么一开始没有一言赠李宜？那是因为李宜是歌者中的佼佼者，东坡特为喜爱李宜的缘故。

东坡为什么以海棠比李宜？那是因为越是最好的，越是不轻易吟诗赞美的。

这也是一种深深的珍惜。

《海棠》

东风袅袅泛崇光，香雾空濛月转廊。

只恐夜深花睡去，故烧高烛照红妆。

一棹

扁舟一棹归何处，家在江南黄叶村。

选自苏东坡的题画诗《书李世南所画秋景》，题的是画家李世南的《秋景平远图》。

连宋代的皇帝都被诗里的“江南黄叶村”打动了，这诗当时就出名了。关于这首诗，有一个故事：南宋时杭州城的庆春门内，有一个叫听潮寺的寺庙，后来改名为归德院。为什么改名呢？因为那里靠近钱塘江，有一次宋高宗在寺庙里过夜，晚上听到潮声，就以为是金兵杀过来了，因此就改名为归德院。寺里面有一块宋高宗的题诗石刻，原来高宗住在这里时也读到了这首诗，很喜欢，就题了来赐给大臣刘汉臣，人们刻石于此。此石刻后来毁于大火。

宋高宗喜欢此诗，却恐惧潮声，这表明“江南黄叶村”的和平安宁与山明水秀，给了惊魂未定的皇帝一种温暖的感受。

其实，那梦中惊扰了宋高宗的金主完颜亮，跟高宗有共同的审美趣味。他也正是垂涎艳羡于江南那“十里荷花，三秋桂子”的甜美风物，才兴起投鞭渡江之意。

整个宋代，是中国进一步发现江南的时代。美丽而温暖的江南，分明为来自北中国的统治者，打开了一个新鲜而魅力无穷的世界。

于是引得好多诗人画家，都向往着那扁舟一叶的宁静安适所在。所以，像这样的诗句：“投老江南黄叶村，菊花时节雨昏昏”，“家在江南黄叶村，归来重葺柳边门”，在在都有情味。

韩驹有名句：“日暮拥阶黄叶深”，他的朋友李彭还夸他：“平生黄叶句，摸索便知价。”也是宋诗话中有意味的典故。

《书李世南所画秋景》

野水参差落涨痕，疏林欹倒出霜根。

扁舟一棹归何处，家在江南黄叶村。

联想

竹外桃花三两枝，春江水暖鸭先知。

《唐诗选画本》，日本宽政、文化、天保间刻本

竹外

对世俗日常生活的充分肯定

竹外桃花三两枝，春江水暖鸭先知。

选自苏东坡的另一首题画诗，也是写江南好山水的名篇，题为《惠崇春江晚景》。

宋人葛立方《韵语阳秋》记：“僧惠崇善为寒汀烟渚，萧洒虚旷之状，世谓‘惠崇小景’，画家多喜之。”这就是说，原先的那个画题，大家都很流行，但是跟东坡的很不同。“萧洒虚旷”的画意，应该是宋以前所盛行的审美趣味。而东坡这里所歌唱的，已经脱离了“萧洒虚旷”，而是喜气热闹，充满了生机，景物清新鲜活。这是一种新的自然美的取向，是对世俗日常生活的充分肯定。东坡所谓“诗中有画”，表彰诗是一种再创造活动，从原来传统的画意里挣脱出来。其实，用河豚，用芦芽，也是有典故的。宋初前辈诗人梅尧臣，就有《范饶州坐中客语食河豚鱼》：

春洲生荻芽，春岸飞杨花。
河豚当是时，贵不数鱼虾。

清人毛奇龄提出批评：为何不是鹅先知？这表明，毛是一好求疵的学究，但不是诗人。用“鸭”是苏轼独创。是用大自然的感官，来表现大自然本身的欢喜。剔除人的主观判断，可以更本真地写出天地复苏的生机、自然清新之美。

《惠崇春江晚景》

竹外桃花三两枝，春江水暖鸭先知。
蒌蒿满地芦芽短，正是河豚欲上时。

橙黄

一年好景君须记，正是橙黄橘绿时。

苏轼诗。表面上是写风景，实际上是写人生。

《赠刘景文》写初冬时节，满目的枯荷败叶与残留枝头的菊花，生命确实是到了该退出的时候，然而一年中最好的风景，恰恰不也正是在这样的时候么？你看，那精神饱满、生气充溢的橙黄橘绿，不正是最成熟、最充实的生命表现么？孟子云：充实之谓美。橙黄橘绿的时节，正是生命充实的美好时节。

屈原的《橘颂》："青黄杂糅，文章烂兮"，是写橘子最美的经典。

韩愈的名句："最是一年春好处，绝胜烟柳满皇都。"（《早春呈水部张十八员外》）很难说，东坡写这首诗时，心中没有韩愈的名句在发生着强烈的影响。但是，这正是苏东坡，正是宋人异于唐人的地方。一般来说，唐代诗人是以青青草色、濛濛烟柳为美，很少有人会以橙黄橘绿、人书俱老为美（除了刘禹锡、李贺曾经歌咏秋天，但也不曾歌咏冬天）。

《颜氏家训》里说，做学问有"春华秋实"之分："夫学者，犹种树也，春玩其华，秋登其实。讲论文章，春华也；修身利行，秋实也。"宋代文化，正是从讲论文章，转而为修身利行的时代。东坡这两句是一个很好的象征。

现在，我每次在花市上看见一盆盆的金橘，就会想起东坡的橙黄橘绿。但是，我知道世人所喜欢的只是金橘的"金"与"吉"（谐音），已与东坡的趣味相去甚远了。

《赠刘景文》

荷尽已无擎雨盖，菊残犹有傲霜枝。

一年好景君须记，正是橙黄橘绿时。

秋鸿

有信的秋鸿，无痕的春梦

人似秋鸿来有信，事如春梦了无痕。

苏东坡的名句。纪晓岚评为“深警”。有信的秋鸿，无痕的春梦，是诗人对人生一种诗性的观照。

前面两句说：“东风未肯入东门，走马还寻去岁村。”东坡说，春天来了，却又不肯到家里，所以，只好我去寻找春天，就到去年寻春的那个村子去吧，然而，虽然我像那秋天的鸿雁，守信来这里，可是过去的岁月之痕，是一点也找不到了。

东坡在这里呈示的，是历史与人生的虚无么？

但是诗的最后说："已约年年为此会，故人不用赋《招魂》。"这就一点都不虚无。东坡的意思是：我每年都要来寻春，都要来寻找过去的生命之痕，无论春梦是多么的不可凭。所以，不须为我呼唤魂兮归来。他写出了寻春的坚持。

其实，他更是写出了人生在世的两种形势：一是人的有目的、有意识、有努力的活动；一是事态本身的无目的、无端由、无结果、无必然的过程。人在世的艰难，正是由这两种形势构成的。

诗人并没有虚无的夸张，也没有牢骚的反语，不激动，不深思，他只是对偶，只是歌唱。他不仅用春梦之无痕，化解了秋鸿之有信，而且也用秋鸿的有信，冲淡了春梦的无痕。总之，他适然而乐。

人在世的美好，也恰是这两种形势构成的。

《正月二十日与潘郭二生出郊寻春忽记去年是日同至女王城作诗乃和前韵》

东风未肯入东门，走马还寻去岁村。
人似秋鸿来有信，事如春梦了无痕。
江城白酒三杯酽，野老苍颜一笑温。
已约年年为此会，故人不用赋招魂。

〔明〕项圣谟《王维诗意图册》，上海博物馆藏

好山行恐
盡流水語
相隨

西湖的性格

西湖

欲把西湖比西子，淡妆浓抹总相宜。

此诗是所有关于西湖的诗中最好的。不止写出了西湖的性格，其实也借着西湖表现了苏轼圆融豁达的性格。这当然也是宋文化的特点。无论是阳光明媚的日子，还是雨意迷蒙的境遇，都一往情深，没有偏执、芥蒂与阴晦，万物万事都能尽其好、尽其性。苏轼的圆融豁达，随缘自适，兼有方之智性品质与圆之丰神韵味，兼有阳刚阴柔之美。西湖的“晴”与“雨”，正是代表着二元的生命情调。世人多喜“晴”，文人多喜“雨”，在此诗中，苏诗将两者融合。

西湖边有这样的对子：欲把西湖比西子，从来佳茗似佳人。

《饮湖上初晴后雨》（其二）

水光潋滟晴方好，山色空濛雨亦奇。

欲把西湖比西子，淡妆浓抹总相宜。

飞鸿

人生到处知何似，应似飞鸿踏雪泥。

苏轼名篇《和子由渑池怀旧》最具宋诗特点：转向内心，化解悲哀，融三教慧命而为一。首联讲“空无”，以雪为喻，是佛教思想。颔联是对仗极工稳的流水对，有递进关系，有歌唱感，极富于人生飘忽不居的唱叹深情！颈联更好：老僧——坏壁，新塔——旧题。整练精美的工对形式中，是一种自然与历史流转的无情无义：一代又一代人过去，生命流逝，死亡如浩荡而来的潮流，无法阻挡。人想在历史上留下生命印记又是多么空幻可怜，人的想法与大自然的规律相比，是多么渺小、不足道！人的点滴努力，似乎永远也敌不过大自然的无边伟力。——这当然是人生的哲理和大的答案。然而是不是就这样算了、放弃了、死心了呢？恰是在这种悲哀的大背景中生长出了儒家的哲学，温暖而又有情——记忆是永不磨灭的，是对有情生命的肯定！在死亡背景的滔滔潮流之中，往日情义点点滴滴都是那样值得珍视。此诗是以佛道为背景，翻转过来写儒家的日用智慧。人生一定要有佛道体验，但也一定要懂得翻转上来。

《和子由渑池怀旧》

人生到处知何似，应似飞鸿踏雪泥。
泥上偶然留指爪，鸿飞那复计东西！
老僧已死成新塔，坏壁无由见旧题。
往日崎岖还记否？路长人困蹇驴嘶。

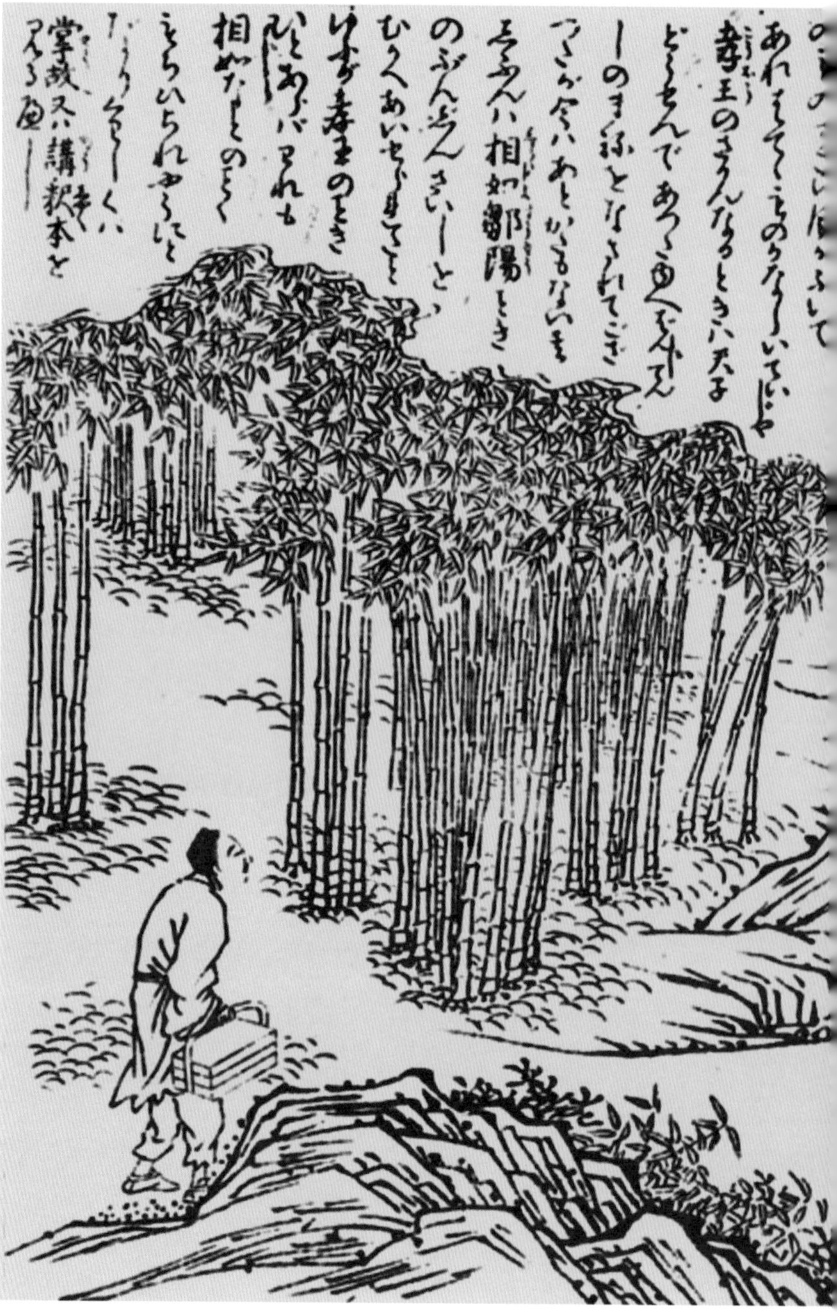

《唐诗选画本》，日本宽政、文化、天保间刻本。

梁苑
梁園秋竹古時烟
城外風悲欲暮天
萬乘旌旗何處在
平臺賓客有誰憐

苏轼的临终关怀

云散

云散月明谁点缀，天容海色本澄清。

这是苏轼的证道诗，题为《六月二十日夜渡海》，苏轼在写完此诗的第二年便去世，可以说表达了他的临终关怀。

那天夜里渡海，是东坡终于被朝廷召回，要从海南回到中原了。所以这里写的“天容海色”，是政治的天容海色，也是诗人渡海那夜时所见真实的“天容海色”。连日的阴雨，终于露出了青天，明明的月色，朗朗的乾坤。

“云散月明”两句，有一个故事。

六朝时代，也是一个清风明月的晚上，谢重与司马道子两个人在欣赏夜景。谢重说：夜色多好。司马回答：不若有微云点缀，更美。谢重说：你心里不净，还想来污染太空？

东坡晚年在海南悟道，他讲心的本色乃如海天般清朗明洁，人间的风风雨雨终会消散，这是东坡人生最后的信念，也是他做人的“根本”。《东坡志林》也解释了这个典故：“青天素月，固是人间一快，而或云不如微云点缀。乃知居心不净者，常欲滓秽太清。”典故的背后有“人心”，“人心”与大海蓝天都是一样的本色。

接下来的两句是：“空余鲁叟乘桴意，粗识轩辕奏乐声。”

这两句也包含了很丰富的内容，既有政治，又有哲学。“空余鲁叟”是用《论语》，孔子曰：“道不行，乘桴浮于海。”“空余”表面上是说，被朝廷召回，空有圣贤遗世而独立之意；骨子里却是对“鲁叟”的致敬，因为圣人终于没有舍弃现世人生。“乘桴”有“意”而无“实”，正是对儒家最大的理解与致敬。

接下来的又是道家情怀了，“轩辕奏乐声”用《庄子·天运》中的典故，表示的是道家最高的乐声。用此典，不仅切当相称，更有深意，表示东坡到了人生的这个阶段，才粗粗触及“道”，至为伟大的自然山水中深深流出的乐音，代表了他在此夜中修行的一种果位。从大自然中修行人生的阶位，这是道家。

从真人生中执守生命的进程，这是儒家。

对比一下唐宋诗人之死有点意思。李白六十二岁病死于当涂，他最大的愿望是归隐姑苏东山。有传其醉酒后下水捉月而死。天才的死没有痛苦。

杜甫五十九岁，贫病交加，天灾人祸。命运悲剧的“苦情孝子”，仿佛一叶小舟于乱流狂涛中挣扎而沉没。

而东坡面对的有动荡不安，也有亲友的死亡与分离不得见，还有疾病的折磨。但是他成就的是一副“人文英雄”的形象，是由内在生命的修炼、体认带来的理性的清醒。他晚年的诗文清醒、充满思考和批判。理智多于情感、道心大于人心，这就是苏轼的临终关怀。

《六月二十日夜渡海》

参横斗转欲三更，苦雨终风也解晴。
云散月明谁点缀，天容海色本澄清。
空余鲁叟乘桴意，粗识轩辕奏乐声。
九死南荒吾不恨，兹游奇绝冠平生。

仙风

不可深究的美

仙风道骨今谁有？淡扫蛾眉簪一枝。

选自宋人黄山谷写水仙的名篇《刘邦直送早梅水仙花》。

诗歌不是历史，诗歌的意象与语言，自有一种美的风姿。因而，淡扫蛾眉、素面朝天，美得迷魅，品级特高，人们根本不会想到，她的来历原来是那样腐败与肮脏；更是根本不会想到，她会与水仙花有关。

所以，有些美的东西，是不可深究的。正如月亮，它的上面只有荒凉不毛的坑坑洼洼。

这两句诗中，簪，就是插。水仙的亭亭，尤只可插一枝而已。黄山谷极喜写水仙，这一组共两首，另一首是：

钱塘昔闻水仙庙，荆州今见水仙花。
暗香静色撩诗句，宜在林逋处士家。

时间可以使丑的历史变成美的古董。宋代，画家就将虢国夫人的故事入画，譬如宋人楼钥的《攻媿集》里，就有一篇《跋虢国夫人晓妆图》，说的正是当时画坛的故事。

也正如杨贵妃的故事，淡化了历史，也只是生命的开花与“宛转蛾眉马前死”的悲剧。

《刘邦直送早梅水仙花》

得水能仙天与奇，寒香寂寞动冰肌。
仙风道骨今谁有？淡扫蛾眉簪一枝。

万卷

读书成为人生志业

万卷藏书宜子弟，十年种木长风烟。

黄山谷的诗句。他有个姓郭的朋友，不愿入仕，在家里隐居读书，诗人就写两首诗赞扬他。这其中的两句，一是说友人的家里藏书极为丰富，园子里的树木也极为繁茂；二是说子弟们的读书条件很好，诗书可以传家。“风烟”二字，正是人文教养的一种长年累月的深厚积累，终显出来的一种书卷气息与家族整体的风流蕴藉。

唐人是马上得功名，走向边塞才美。所以歌颂“马上相逢无纸笔，凭君传语报平安”的豪情，赞美“城阙辅三秦，风烟

《唐诗选画本》，日本宽政、文化、天保间刻本

望五津”式的壮游。黄山谷的风烟已经不同于唐人的风烟了。

陆游有一篇《绪训》，是他留给后人的重要遗言：“我的子孙们尽管可能才分有限，但是不可以不让他们读书。如果一生穿布衣草鞋，做农活园工，足迹不到城市，那当然是好事。千万不要因为迫于衣食，就沦为市井小贩，切切！”

苏辙有一篇《上皇帝书》，说大家都想当读书人：“当今之时，录用人才，要看他能熟诵诗书，研习课程。求人才不太难，人才也心情愉快，所以大家都要当读书人。大凡今天的人，很少有不放弃旧习气而争做读书人的。”读书成为一种人生志业，应该是从宋代开始的。

所以，从某种意义上说，宋代是高度的文明时代，是文化人的社会。即使今天，万卷藏书宜子弟，十年种木长风烟，仍然不失为一个很大的文明理想。

《郭明父作西斋于颍尾请予赋诗》（其一）

食贫自以官为业，闻说西斋意凛然。
万卷藏书宜子弟，十年种木长风烟。
未尝终日不思颍，想见先生多好贤。
安得雍容一樽酒，女郎台下水如天。

一丝

能令汉家重九鼎，桐江波上一丝风。

选自黄山谷的《题伯时画严子陵钓滩》。“一丝风”指钓竿。桐江就是富春江，江上有二台，即东台、西台，西台严子陵，这里说的就是西台。汉光武帝刘秀，从前跟严子陵同学时，人称刘文叔。后来光武帝邀旧日的好友子陵去做“三公”那样的高官，子陵却回绝了，说自己宁可去富春江钓鱼。严子陵不巴结权势，有高贵的风骨，是东汉优美士风的代表。钱穆《中国历史上的人物》曾高度赞叹历史上那些无所表现的人物，认为是中国历史的一大优点。西方历史不表彰无建功者，而中国历史则表彰无实际功绩而有高风亮节的人物，这些人犹如重器宝鼎，犹如定海神针。

宋诗比唐诗更讲精神性的东西。中国人很多很好的精神财富，都是宋人讲起来的。国族需要有点分量的东西来将好东西留住，特别是在乱世、衰世。有了定海神针与重器宝鼎，自然会有一种明确的方向与清明的秩序，于是自然会有美丽的艺术，会有祥和的社会，以及万类生命的尽才尽气。所以范仲淹也来称赞严子陵："先生之风，山高水长。"

《题伯时画严子陵钓滩》

平生久要刘文叔，不肯为渠作三公。
能令汉家重九鼎，桐江波上一丝风。

联想

清风洒六合，邈然不可攀。

不因兴尽回船去，那得山阴一段奇。

世上

千里马与九方皋

世上岂无千里马，人中难得九方皋。

黄山谷的名句，以对偶工致见称于宋代诗坛。

秦穆公使九方皋求马。九方皋到处跑了三个月，最后回来报告，说找到马了。穆公问，是什么样的马？他说，哦，一头黄色的公马。秦穆公派人去看，却是一头黑色的母马。穆公不高兴了，把伯乐找来训话：糟糕得很呀，你派去找马的人，连毛色公母都分不清楚，又知道什么是好马呢？那伯乐却长长地叹了一口气，说：九方皋所看到的，是天机啊。看到了精微之东西，

〔明〕项圣谟《王维诗意图册》，上海博物馆藏

就忽略了粗浅之东西；得到了内在的品质，就忘掉了外面的皮毛。九方皋的相马呀，那才是真正可贵的相马嘞。马来了，大家一看，果然是一好马。

这是中国文化中关于什么是真正人才的一个经典故事。看一个真正的人才，不是看他的出身，不是看他的学历，不是看他的生活小节，更不是看他的衣着和外貌，而是看他的品质、才情与学识。

殷朝的时候，傅说天天在城墙下做苦工，殷高宗知道他是个了不起的人才，就举他做了宰相，后来就成全了武丁时代的天下大治。

周文王的时候，吕望在朝歌天天当屠夫，遇到文王，被举为国师，成了那个著名的姜太公。

春秋的时候，宁戚在喂牛时，一边叩着牛角，一边唱歌，齐桓公听到了，知道他是个贤人，就用他为国卿，成就了功业。

秦穆公用五张羊皮，买得贤士百里奚，举为卿相，人称五羖大夫。后来困于殽谷，赖五羖大夫等人的帮助，才转危为安。

战国时代，孟尝君的客卿冯谖，整天只是弹长铗，唱着“食无鱼，出无车”的歌。问他有什么能，他说“无能”；问他有什么好，他说“无好”。然而孟尝君并没有因此而亏待他，而是满足了他的各种要求。后来，冯谖为孟尝君收买人心，经营了

“狡兔三窟”。

也是战国的时代，魏公子从守门老者侯嬴、流浪汉朱亥那里，看出了真正的本事，于是礼贤下士，拔英雄于草莽，最终靠了他们的倾力相助，完成了窃符救赵的壮举。

这都是关于“九方皋”的真实史事，是中国古代不拘一格举人才的经典。

《过平舆怀李子先时在并州》

前日幽人佐吏曹，我行堤草认青袍。
心随汝水春波动，兴与并门夜月高。
世上岂无千里马，人中难得九方皋。
酒船鱼网归来是，花落故溪深一篙。

联想

意足不求颜色似，前身相马九方皋。

心源

守一泓清洁的心源

世态已更千变尽，心源不受一尘侵。

黄山谷名句。他的原诗，本来是劝说两位友人退官后过一种超脱自在的生活，不为时局变化所干扰。同时也是表明自己虽然看不惯新党旧党变来变去，人事斗争复杂，仕途风波多险，然而却有一泓清洁的心源长相依守。

心源，出自佛家的经典。

《佛说四十二章经》："佛言：出家沙门者，断欲去爱，识自心源，达佛深理，悟无为法。内无所得，外无所求，心不系道，亦不结业。无念无作，非修非证，不历诸位，而自崇最，名之为道。”

《五灯会元》：“祖曰：夫百千法门，同归方寸，河沙妙德，总在心源。一切戒门、定门、慧门，神通变化，悉自具足，不离汝心。”

其实黄山谷的这两句诗，也可以用《周易》的一个“易”字，来加以品题。前一句，是变易之“易”，后一句，是不易之“易”，而“心源”即是包含在其中的简易之“易”。即所谓“百千法门，同归方寸；河沙妙德，总在心源”。在变中求取不变的常道，这正是易学的深义。

《碧岩录》里有一个故事：有一个和尚问大隋禅师：劫火已经来临，大千世界都要全部毁灭，不知道这个毁不毁灭？大隋说：毁灭。和尚又问：那怎么办，如何能眼睁睁地随他去呀？大隋说：就随他去。

《次韵盖郎中率郭郎中休官》

世态已更千变尽，心源不受一尘侵。
青春白日无公事，紫燕黄鹂俱好音。
付与儿孙知伏腊，听教鱼鸟逐飞沉。
黄公垆下曾知味，定是逃禅入少林。

江南

江南客的隐秘情怀

三十六陂春水，白头想见江南。

三十六陂在扬州天长县。“三十六陂春水”，是指汴京如画的风景令人想到江南。这是王安石题在汴京的西太一宫墙壁上的诗。全诗有两首，第一首是：

柳叶鸣蜩绿暗，荷花落日红酣。
三十六陂春水，白头想见江南。

第二首是：

三十年前此地，父兄持我东西。
今日重来白首，欲寻陈迹都迷。

王安石少年时曾随父兄游汴京，那时他十六岁，是一极有大志的青年。三十余年后，奉神宗之召入京，重游西太一宫，这时他四十八岁。想到父母过世，自己年轻时的志业，方有待真正的开始，感慨很深，就题了这两首六言诗。

第一首，是从眼前的美景，暗示即将开始的事业；又从眼前的美景，联想到江南的美景，暗示父母的期待，以及自己的江南岁月为之所做的一切情感与心志的准备。“白头想见江南”，是说不辜负江南的美好。

诗人自称“江南客”，多有诗篇望江南、忆江南。譬如：

衰颜一照自多感，回首江南春水生。（《次韵杨乐道六首》）
初来淮北心常折，却望江南眼更穿。（《送纯甫如江南》）
春风又绿江南岸，明月何时照我还。（《泊船瓜洲》）

对于青少年生活之地有很深的感情，江南，在王安石的诗

《唐诗选画本》，日本宽政、文化、天保间刻本

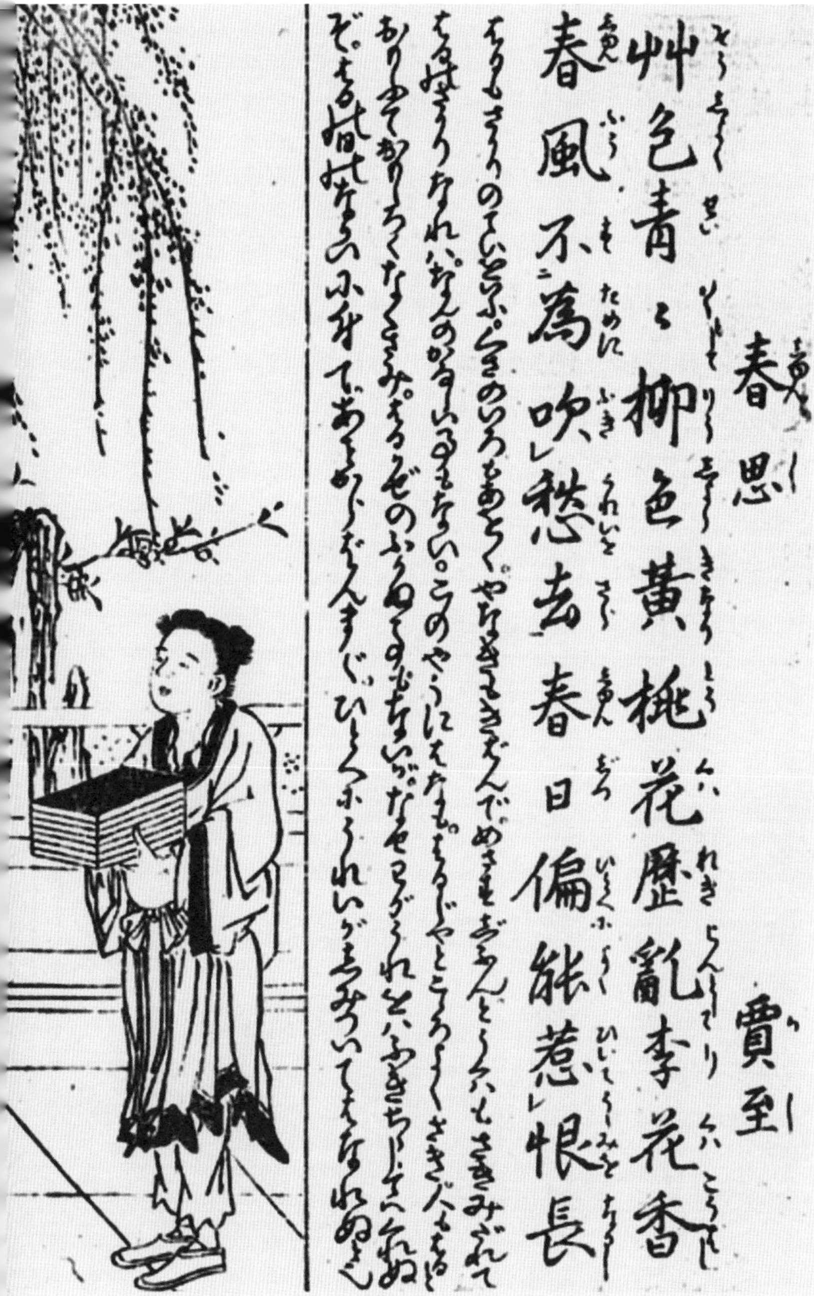

春思　　賈至

艸色青々柳色黄
桃花歴亂李花香
春風不爲吹愁去
春日偏能惹恨長

歌语义系统中，是与父母、亲人、少年情怀和文学人文传统联系在一起的，是对生命气脉的一种隐秘的认同。

《题西太一宫壁》（其一）

柳叶鸣蜩绿暗，荷花落日红酣。
三十六陂春水，白头想见江南。

恼人

月夜不得眠

春色恼人眠不得，月移花影上栏干。

王安石《夜直》名句。“夜直”，就是值夜班。王安石为什么睡不着觉呢？因为宋神宗采纳了他变法的主张，终于有了机会大展宏图，所以他那夜在翰林院里值班，高兴，感慨，兴奋，思如泉涌，哪里会睡得着呢。

杜甫的名句“请看石上藤萝月，已映洲前芦荻花”也是写秋夜，写时间的推移、人的彻夜不眠。但是，老杜是思念中原，遥想朝廷，万绪千思，都凝为深长的家国之爱；而王安石则是身在朝廷，准备大干一场而心旌摇荡。同样美好的月夜，一个是浪迹天涯的老臣，一个是权力在手的宰相，多么不同！

我们可以看出，相同的美景，相同的感觉，也许表达的是完全不一样的心情。当然，从风格上说，老杜凝重深情，而王诗轻盈华妙。这也许是王安石的诗，不仅是从罗隐的“春色恼人遮不得”点化而出，也是故意从杜诗里点化而出？

也许是风格过于轻，宋人周紫芝、沈彦述，或者真的，或者故意，将这首诗读成艳诗，也增加了名篇的一段典故。

《夜直》

金炉香烬漏声残，翦翦轻风阵阵寒。

春色恼人眠不得，月移花影上栏干。

日常人生的诗情

杯盘

草草杯盘供笑语，昏昏灯火话平生。

王安石《示长安君》的名句。长安君指王安石的大妹。

我们在唐诗中很少看见这样的描写，有一种信手拈来的随意，一种日常人生的诗情。

“草草杯盘”，就是家常便饭。“昏昏灯火”，就是亲人夜话。离别的诗，最难写的，不是离别分手时的情景，而是将离暂聚时的场面。面对即将来临的分离，再吃什么山珍海味也显得无味无趣。越是简单，心意越是深厚；越是夜深灯昏，气氛越是相亲。

唐代诗人的离别，是“琵琶起舞换新声”，是“葡萄美酒夜光杯”，是“蜡炬有心还惜别，替人垂泪到天明”，一如唐三彩那样的浓烈。中国文化从宋代开始懂得了素朴的美好。绚烂归于平淡，五色化为一白。王安石的这两句诗，就像汝窑的青瓷，从里面一点点地透着光。

《示长安君》

少年离别意非轻，老去相逢亦怆情。
草草杯盘供笑语，昏昏灯火话平生。
自怜湖海三年隔，又作尘沙万里行。
欲问后期何日是，寄书应见雁南征。

汉恩

汉恩自浅胡自深，人生乐在相知心。

这是王安石《明妃曲二首》第二首中的名句，当时就已惊世骇俗。范冲在宋高宗面前说，王安石这样写，是典型的禽兽：大家写明妃，都为她失身于胡虏而生出无穷的同情，独有那个王安石，说什么“汉恩自浅胡自深”，骂的对象，绝不止汉文帝一人，而是说汉人恩浅薄，胡人恩深厚。这岂不是背弃君父，投降外贼么？这是坏天下人的心术呵！孟子说：“无君无父，是禽兽也。”王安石不是禽兽是什么？

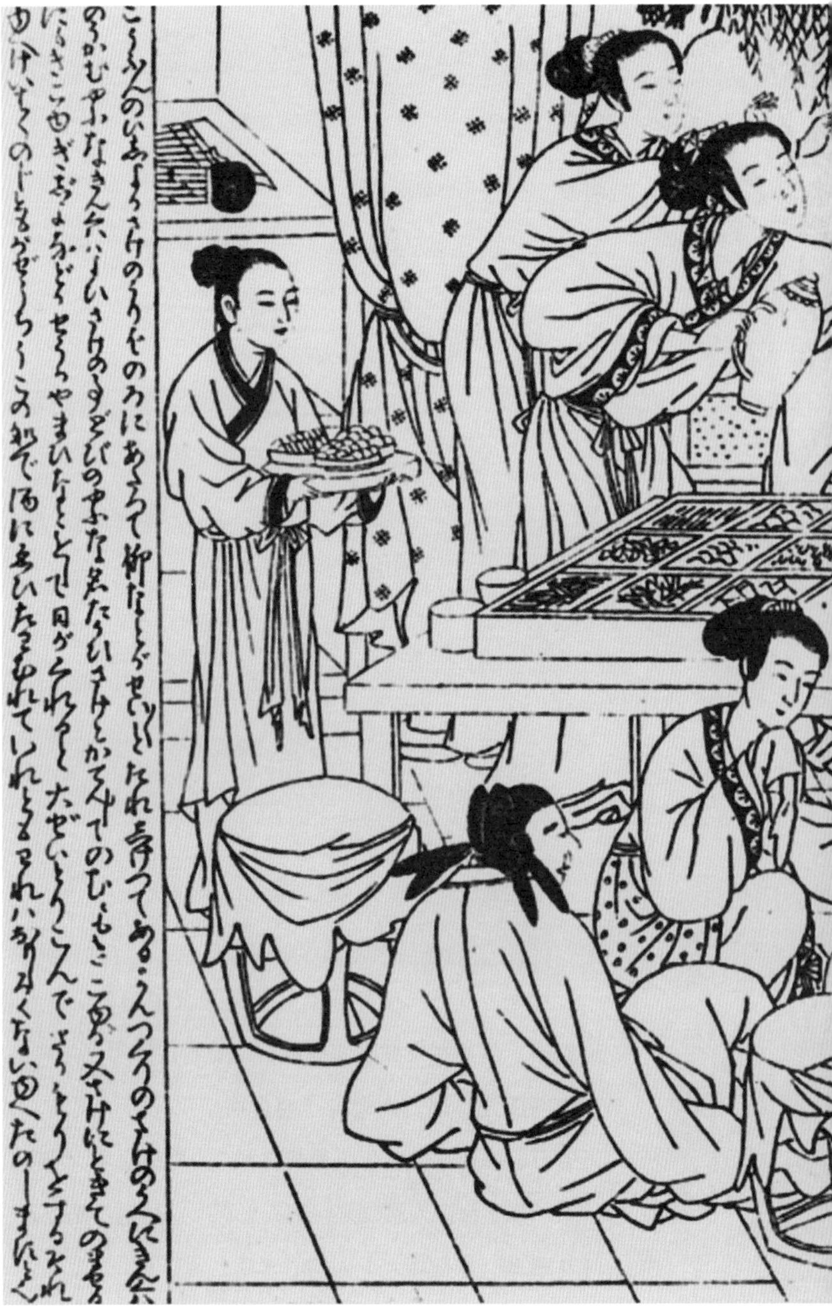

《唐诗选画本》，日本宽政、文化、天保间刻本

紅粉當壚弱柳垂
金花臘酒解酴醿

笙歌日暮能留客
醉殺長安輕薄兒

其二

王安石诗的注释者李壁，也觉得这两句说得有点过头，他当然也不赞成范冲的罗织罪名，上纲上线，为王安石找理由说：“正言若反。诗人一时务为新奇，求出前人所未道，而不知其言之失也。”这样说等于也委婉地批评了王安石“失言”。

最好笑的是清人李之亮，为王安石作补笺，为了彻底洗清王安石“无父无君”的罪名，竟将“恩”字，钻牛角尖，训释为“爱幸之辞”，即今语所谓“得到皇帝的临幸”。也就是说，明妃在汉宫时，从未得到过汉文帝“降临幸福”，所以汉恩浅，而在胡人那里，则总是能得到单于的“幸福降临”。这样，就把一个汉恩胡恩的政治问题，化而为一个私人的性爱问题，政治问题身体化了。这真的不失为一种化解政治文本的诗学策略。

李之亮还有一种解释是，这两句的前面是“汉宫侍女暗垂泪，沙上行人却回首”，加上一个“：”，于是“汉恩”两句，就变成那听琵琶而感动的行人，回过头劝慰明妃的话了。虽然不是王安石的直接议论，但如果这句话本身是罪过，就还是不能减轻借他人之口说自己的话的诗人的罪过。

还有一种解释比较复杂。吴孟复先生是桐城派的，用古文法来解诗，是将四句联系成一个整体来解。“汉恩”句说事实，汉宫寡情，胡人多礼，欢迎明妃时，用了一百辆车来接。“人生”句是说人之常情，既然胡恩深，明妃在胡人那里就应该快乐不悲哀了。然而恰恰是接下来的两句，“可怜青冢已芜没，尚有哀弦留至今”，表明明妃并没有快乐起来，说明胡人并不是她的“知心”。这样解释是相当深细的。但这是散文的读法，按照这样的读法，“汉恩”一句，就只是俗世恩怨，而明妃的心里，却是反俗情的。但是这样过于曲折深至了，要知道，诗是可以摘句批评的，写诗的人也是知道可以断章取义的。

我认为，这两句是诗人的议论，是对于明妃的大悲剧的深刻理解。人之相知，贵知其心。明妃不可能在语言不通的异文化环境里，得到知心。明妃是来无可往之地，去无可返之乡，是中古时代的悲剧英雄。汉恩胡恩都不如相知心，这已经具有了女性本身的意识，超越了流俗恩怨。

《明妃曲》（其二）

明妃初嫁与胡儿，毡车百辆皆胡姬。
含情欲语独无处，传与琵琶心自知。
黄金杆拨春风手，弹看飞鸿劝胡酒。
汉宫侍女暗垂泪，沙上行人却回首。
汉恩自浅胡自深，人生乐在相知心。
可怜青冢已芜没，尚有哀弦留至今。

重华

重华一去宁复得，天下纷纷经几秦。

重华是圣君大舜的名字，秦即秦始皇。诗的意思是，自从尧舜以来的历史，无往而不是暴秦的历史。

这是王安石《桃源行》中的两句。陶渊明的《桃花源记并诗》之后，产生了大量歌咏桃花源的诗文，“除了方志所载，甚至还有几种专门收辑有关桃源诗文的总集”（请参看《四库全书总目》卷一百九十二，宋姚孳编《桃花源集》一卷及明冯子京编《桃花源集》三卷的提要。见程千帆《相同的题材与不相同的主题、形象、风格：四篇桃源诗的比较研究》)，其中最著名的诗人，唐有王维、韩愈，宋有王安石。

王维的名句是“春来遍是桃花水，不辨仙源何处寻”，写得浪漫高华，仙风飘举，分明代表了盛唐的文化精神。而韩愈的名句是“神仙有无何渺茫，桃源之说诚荒唐”，对道家的悠谬虚幻之传说给予怀疑，分明也是中唐理性精神的表现。而王安石的《桃源行》，直凑单微，抓住了桃源人生最美好的“虽有父子无君臣”，以及现实人生最痛苦的“天下纷纷经几秦”，最见思想。精光之所聚，正是对于中国历史社会专制统治本质的揭露。

诗歌要修炼多久，才会有一粒真珠？中国的好诗是中国文化思想的结晶。屈原、贾谊、司马迁、陶渊明、李白等第一流的中国文学家，没有不骂秦始皇的。但是，都没有王安石这首诗写得大气概括。这真是宋诗的明珠。

《桃源行》

望夷宫中鹿为马，秦人半死长城下。
避时不独商山翁，亦有桃源种桃者。
此来种桃经几春，采花食实枝为薪。

儿孙生长与世隔，虽有父子无君臣。
渔郎漾舟迷远近，花间相见惊相问。
世上那知古有秦，山中岂料今为晋！
闻道长安吹战尘，春风回首一沾巾。
重华一去宁复得，天下纷纷经几秦。

块独

——对自由精神的追求

块独守此嗟何求，况乃低回梦中语？

这是王安石《葛蕴作巫山高爱其飘逸因亦作两篇》第二首的最后两句。这首诗写巫山神女。这两句的意思是：自由自在本来是神女的天性，你为什么要孤独地守在这深谷幽林的险恶之地？难道那传说中梦遇君王时的笑语欢颜，就值得你这样终身托付？王安石的这首诗，被后人称为“一代杰作”。好在哪里呢？其主旨正是对自由精神的追求。

巫山神女是中国诗歌的一大抒情传统，自先秦到宋代，不

《唐诗选画本》，日本宽政、文化、天保间刻本

送李侍郎赴常州
雪晴雲散北風寒
楚水吳山道路難
今日送君須盡醉
明朝相憶路漫漫
賈至

外乎这样几种表现：一是年华易逝、美人迟暮的人生喟叹，如刘希夷“巫山幽阴地，神女艳阳年。……摇落殊未已，荣华倏徂迁”（《巫山怀古》）。一是君臣遇合、知音心印的美好想象，如李白“雨色风吹去，南行拂楚王。高丘怀宋玉，访古一沾裳”（《宿巫山下》）。一是浪漫神秘的仙乡意境。如李贺“瑶姬一去一千年，丁香筇竹啼老猿”（《巫山高》）。一是理想落空的志士悲慨，如李商隐“微生尽恋人间乐，只有襄王忆梦中”（《过楚宫》）。总的特色，还是将《楚辞》的美人芳草之思加以丰富而已。至于男女欢会的体验，那还只是后世小说的套语。

王安石的这首诗，正是典型的宋人翻案出新的创意。一改六朝唐人顺着宋玉传统主题的正写，大力张扬诗人主体的议论。诗的前半部分充分地渲染了巫山的“水于天下实至险，山亦起伏为波涛”的荒漠凶险，为后面责怪神女为何不飘然而去埋下伏笔。后半部分一面赞美神女来去飘忽自由的本领，一面批评她竟为了极其虚幻的梦中之语而块然独处的相守，在古代三纲五常的背景下读来，其中的政治学寓意是十分耐人寻味的。其实这也是王安石对政治斗争生活、君臣关系体验的一种审美的表达。

梁任公批评王安石这首诗，说：“这类诗词，从唯美的见地看去，很有价值。他们并无何种寄托，只是要表那一片空灵纯洁的美感。太白、介甫一流人，胸次高旷，所以能有这类作品。”其实，王安石还是有寄托的。

《葛蕴作巫山高爱其飘逸因亦作两篇》（其二）

巫山高，偃薄江水之滔滔。
水于天下实至险，山亦起伏为波涛。
其巅冥冥不可见，崖岸斗绝悲猿猱。
赤枫青栎生满谷，山鬼白日樵人遭。
窈窕阳台彼神女，朝朝暮暮能云雨。
以云为衣月为褚，乘光服暗无留阻。
昆仑曾城道可取，方丈蓬莱多伴侣。
块独守此嗟何求，况乃低回梦中语。

梦觉

梦觉隔窗残月尽，五更春鸟满山啼。

选自张耒《福昌官舍后绝句十首》(其二)。

一个冰雪初融的初春清晨，诗人在官舍的院子里的所见。那一园子的雪终于融化，而池子里的水也满满地溢出来了。“梦觉”两句，于清寂中迸发春鸟满山啼唤，写出无限生机。宋人作诗不用力、不高调，但有深情在骨子里，通过写身边寻常景观事物，写出一种“物我交感”之美。个人、家常细节和大写意融合，形成了宋诗的特色。

《福昌官舍后绝句十首》（其二）

小园寒尽雪成泥，堂角方池水接溪。

梦觉隔窗残月尽，五更春鸟满山啼。

联想

接天莲叶无穷碧，映日荷花别样红。

接天

接天莲叶无穷碧，映日荷花别样红。

这也是大写意的山水。接天的无穷碧与映日的别样红，透出宇宙自然和谐对称与透亮之美。而荷花之红确实是“别样红”，宋人写“风”“花”一定有理趣在内，并不放逐风花雪月之美，而用理来提升。杨万里此诗也如此，写得开阔、高旷、明亮、硬朗。

《晓出净慈寺送林子方》（其二）

毕竟西湖六月中，风光不与四时同。
接天莲叶无穷碧，映日荷花别样红。

〔明〕项圣谟《王维诗意图册》，上海博物馆藏

窈窕清江
轉叅差遠
岫連

等闲

等闲识得春风面，万紫千红总是春。

选自朱熹《春日》。

等闲，就是随便、不经意的意思。原诗首句说“寻芳”，是要刻意找出一个春天来，是有意识的安排。但是春天并不是一个抽象的本质，并不是一个可以“寻”的对象。只有人走到春风里，呼吸着和煦的气息，感应着万紫千红的景象，才会亲身体证春天的在场。而只有亲身的体证，春天才为我们所知晓，成为我们生活中的一种真实。这就是说，如果不能亲自感知到“春风”的“面”，就不能知道什么是春天。

还有，如果只知道花是春，草不是春，有的花是春，有的花不是春，那也无法感受万紫千红的春消息。

从前有一个和尚问师父：“师父，什么才是佛呀？”师父大声喊：“相公呵！”“嗯！”和尚马上应诺。师父就告诉他说：“除此之外，你不要再求什么是佛了。”

原来，师父唤“相公”，正是让学佛的人在无意识的情况下应声回答之后，领悟自己的反应就是佛性本身，也即佛性的“作用”。和尚无意识的回答，是出于茫然，却也是出于活泼泼的直觉，出于自然。可见佛性亦是如春风之拂面，自然不安排的。

豆豆三岁时，妈妈带豆豆到最新潮的照相馆去照相，那里的摄影师设计了许多动作，让豆豆摆了许多pose，都是最流行的杂志上小明星的姿态。妈妈觉得这样算是把豆豆的童真与帅气表现出来了。拿回来大家看，发现反而不像豆豆本来的样子，看着看着，总是像杂志上的某个小孩，豆豆平时最真实的样子，反而隐蔽了，所以不觉得亲。

妈妈花了数千元，却并没有识得豆豆的“春风面”，更不识豆豆的“万紫千红”了。

《春日》

胜日寻芳泗水滨，无边风景一时新。
等闲识得春风面，万紫千红总是春。

联想

归来笑拈梅花嗅，春在枝头已十分。

今朝

天人一体同仁

今朝试卷孤篷看，依旧青山绿树多。

选自朱熹《水口行舟》(其一)。

此诗最明白不过地表达了大自然的生生不已，也最明白不过地表达了人对自然生命的歆羡、仰慕、深契之情。我们知道，佛家的世界是悲情的世界，而朱熹是宋代理学大师，理学的思想特点之一，即一种由回应佛学而转出的乐生的信念；并明确说出此种信念植根于天人一体同仁的形上体验。什么叫“天人一体同仁”？就是人心与天地之心的通透，人的存在与天地的

存在的相关。《朱子语类》(卷三一)云:

程子谓将此身来放在万物中一例看，大小大快活。又谓人于天地之间，并无窒碍，大小大快活。此便是颜子乐处。这道理在天地间，须是真穷到底，至纤至悉，十分透彻，无有不尽，则与万物为一，无所窒碍。胸中泰然，岂有不乐?

“将此身来放在万物中一例看”，正是中国儒家生命哲学的根本，也是中国诗人从大自然中汲取生机的美学底蕴。

《水口行舟》(其一)

昨夜扁舟雨一蓑，满江风浪夜如何?

今朝试卷孤篷看，依旧青山绿树多。

意足

床头捉刀人，此乃真英雄

意足不求颜色似，前身相马九方皋。

宋人陈与义的《和张规臣水墨梅五绝》（其四），说墨梅画得好，并不是枝枝节节以求工，而是遗貌取神，画出墨梅的精神气韵。就像九方皋相马一样，一定要忘掉马的毛色与性别。

九方皋相马，得意忘象，已成为中国艺术创作的大经典。

庄子笔下的畸人，突出地强调了外形丑、怪，内在却有丰富充沛的生命活力。王骀和叔山无趾，都丑陋，然而孔子以他们为师，孔子认为外在的东西是枷锁。（其实《史记》中也记载，路人说孔子像个“丧家狗”，孔子说：“然哉！然哉！”）更奇特的是哀骀它，不仅

《唐诗选画本》，日本宽政、文化、天保间刻本

舊苑荒臺楊柳新
菱歌清唱不勝春
只今唯有西江月
曾照吴王宫裏人
李白

是豁豁嘴，而且脖子上又有大瘤子，然而女人都愿意跟他，和他在一起之后，回家见到自己的先生，反而觉得他们的脖子太细了。庄子的用意是，破除外形残缺的观念，而注重人的内在性。用庄子的话来说，就是“德有所长，形有所忘”。德，并非是伦理道德，而是人的内在精神，生命元气，植根于宇宙的生气。有这个元气，生命自然流露出一种精神力量吸引人，所谓内重自然外轻。其次，说的是破除世俗知赏，对世俗流行观念的一种唾弃，一种背叛，一种抗争。那个与哀骀它相处的卫灵公，再回头去看世人，反而觉得他们不正常。

“意足”，就是神完气足，意指内在精神的强大魅力。钱锺书《围城》中的唐晓芙，眼睛大而无当。牛眼睛也大，然而不灵动，一团死气。

三国时期，匈奴来使者拜见曹操，曹操担心被暗杀，就假扮成一个站在床头的卫兵，让另一人扮成他接见使者。后来问使者看了如何，使者说：“魏王雅望非常。然床头捉刀人，此乃真英雄也。”那匈奴的使者，也可以当得起一九方皋了吧。

《和张规臣水墨梅五绝》（其四）

含章檐下春风面，造化功成秋兔毫。

意足不求颜色似，前身相马九方皋。

笑拈

心中的无价宝

归来笑拈梅花嗅，春在枝头已十分。

这也是刻意寻春而不得，不经意回家来却发现大好的春光就在面前。这是宋代的一个无名尼姑写的悟道诗。

诗中的“芒鞋踏遍”，表明向外觅取的态度，要根本扭转过来。寒山子有一首《千生万死凡几生》：

千生万死凡几生，生死来去转迷情。
不识心中无价宝，犹似盲驴信脚行。

“心中无价宝”，就是那“春在枝头”。又表明，只是闻见，只是知识，永远也不能代替修行的证道。寒山子诗中，又有一首《说食终不饱》：

说食终不饱，说衣不免寒。
饱吃须是饭，著衣方免寒。
不解审思量，只道求佛难。
回心即是佛，莫向外头看。

写到这里时，停下来看杨锦麟在凤凰台读报。说到香港的真实精神，最后他点题两个字：“揾食。”为什么呢？他说香港回归十年庆典，烟花喧天，歌舞匝地，哪里能看得出真正的香港？我一想，“揾食”，不是那正在枝头开着的香港之春么？

回心是佛，莫看外头。

《嗅梅悟道诗》

尽日寻春不见春，芒鞋踏遍陇头云。
归来笑拈梅花嗅，春在枝头已十分。

孤峰

荒莽的远古与静止的时间

谁识孤峰顶，悠然宇宙宽。

中国古代诗歌的一个重要精神传统，就是不求知赏、唾弃世俗的精神传统。而这类诗中常出现大的空间，荒莽的远古与静止的时间。

中国山水画与山水诗具有相同的意蕴。清人戴熙论画云："崎岸无人，长江不语，荒林古刹，独鸟盘空，薄暮峭帆，使人意豁。""意豁"，正是一种宇宙精神的大自在感。

山水诗中又何尝不可读出山水画的灵魂？宋代理学家王立

斋这首《题画扇》中的“谁识”一语，亦如戴熙所谓“青山不语，空亭无人，西风满林，时作吟啸，幽绝处正恐索解人不得”。“索解人不得”，实表明已无须乎“索解人”，同样是孤高绝俗的心态。

《题画扇》

野桥人迹少，林静谷风闲。
谁识孤峰顶，悠然宇宙宽？

杏花

千年前的卖花声

小楼一夜听春雨，深巷明朝卖杏花。

差不多一千年前的一个春天的早晨，杭州，西湖边的一间客栈，诗人陆游。何等清新的一个早晨。好的诗句总是让人千年也想它，闻到它的香味，带着昨夜的露水，像极一枝梦中的花。

春天里我曾住在杭州的南山路，早晨去吃早点，穿过荷花池头巷子，那家的豆腐脑儿和小馄饨热气冒着，隔壁是勾山巷，经过清代才女陈端生的家，看见干干净净的台阶和白色的墙，也想起了小巷子深处，想起那一千年前的卖花声。

《唐诗选画本》，日本宽政、文化、天保间刻本

玉關寄長安李主簿　岑参

東去長安萬里餘　故人那惜一行書

玉關西望腸堪斷　況復明朝是歳除

ひとりのかたてうあんをさりじんいうのふるいすのさうゐの玉もんまできているにごなくなぶ
とめて状でおくつてこふ来をふなとのしやうぶかして一ふでおくつてくれぬぞ
きよくもんのにしのかたをながむればたんちやうのおもひあるやうちれぬがこのところへゆうふバなまめ
とおりへバもうきがたつやふ来このかたしらとおもいやつてくれられへぞのかみのと
ごにあつふたびさきにて餞除にあいぞしとこあるるのなれバよくくかな
しみをちうするるでいあるとたうりくるしハちんちう

写西湖边的春天，而这时整个西湖都成了一枝花，如梦相似。

《临安春雨初霁》

世味年来薄似纱，谁令骑马客京华。
小楼一夜听春雨，深巷明朝卖杏花。
矮纸斜行闲作草，晴窗细乳戏分茶。
素衣莫起风尘叹，犹及清明可到家。

联想

开遍杏花人不到，满庭春雨绿如烟。

春天的奏鸣曲

开遍

开遍杏花人不到，满庭春雨绿如烟。

宋代诗人王雱的诗句，写的是人们常说的杏花、春雨、江南。如果说陆游诗有人，有世俗生活的美，这里则是无人，有高人雅士之趣。这是一幅幽美清新的花鸟画屏。

杭州的西湖，我现在最喜欢的是杨公堤。清明前的某天，叫一出租，往龙井方向驶去。一上了杨公堤，就那样多的“绿树村边合，青山郭外斜”，好像每一处水涯，都藏着一个话桑麻的人家。最开心的是杨公堤不像西湖的其他地方，如苏堤、白堤，总是人满，车多，导游旗子摇来摇去。

下车来，水里有野鸭在嬉戏着。沿着濛濛的春水小河，往左手方向的那一条小路走去，那天真的是“开遍杏花人不到”。只不过不是杏花，是樱花，是欢乐、喜悦、一齐大声地唱着歌的樱花。人在厚厚的樱花瓣里走，在锦簇团团的花光里走，在水边的花树倒影边走，好像春天的奏鸣曲为自己一人演奏。

杨公堤也有绵绵细雨的时候，那就是满山春雨绿如烟了。可惜杨公堤并不通船，不然，在绿如烟的春水里，听柔橹声声，沏一壶龙井，何等快意。

《绝句》

一双燕子语帘前，病客无憀尽日眠。

开遍杏花人不到，满庭春雨绿如烟。

山阴

生命的手舞足蹈

不因兴尽回船去，那得山阴一段奇。

选自曾几《书徐明叔访戴图》。此诗说的是《世说新语》中王子猷雪月访戴逵的故事：王子猷雪夜访戴逵，到他家门口时忽然兴尽，折身而返。王的率性，是魏晋风度的典型人格。以往对这个故事的解释都看重“兴”，即一种自由无羁的生命灵机。但曾几更看重路上风景，从生命灵机之偶发，转而为平常人生的享受。这是世俗化的时代对于日常生命的看重，体现了宋代文化的轻灵。

生命之兴发感动，自然是生命的手舞足蹈的美妙，然而胜固欣然，败亦可喜，而生命之兴尽意阑，有时也不失为生命之柳暗花明。

曾几的诗，提出了一个很有意思的问题，就是要尊重自己的“兴尽”，兴尽就是兴尽，不必将它美化为个性的任性自由。然而在兴尽的背面，也会有人生别样的风景。这样的人生就是一个真的懂得了尊严的人生。

《书徐明叔访戴图》

小艇相从本不期，剡中雪月并明时。
不因兴尽回船去，那得山阴一段奇。

燕归

中国的好对子

无可奈何花落去，似曾相识燕归来。

晏殊的名句，当时即称后世诗人不敢措辞。不仅入诗，而且填入《浣溪沙》词中。

有个故事说晏殊请年轻诗人王琪吃饭，因为王琪的诗好。饭后往池边散步，池边有一面墙，上面写着晏殊的诗句，都是些一时兴到的句子，有的还没有对句。其中“无可奈何花落去”，就是一年前所书，至今没有人能对得上来。当时王琪应声而对：“似曾相识燕归来。”众人叫好。从此，王琪就被提拔为晏殊的

《唐诗选画本》，日本宽政、文化、天保间刻本

西亭春望　賈至

日長風煖柳青青
北雁歸飛入窅冥
岳陽城上聞吹笛
能使春心滿洞庭

一名侍从官。

也不知这个故事是真是假，中国的好句子，大概都要花时间来耐心等待着一个对子。

而且，中国的好对子，大概都不是重复的意思，总要唱一点反调。

前一句写出了哀感顽艳的伤春之情，后一句却对出了否极泰来的生生之意，一伤心，一开心，唱叹生情，跌宕自喜，其实也写出了中国文化的心灵境界。请读以下名句：

行到水穷处，坐看云起时。

青山依旧在，几度夕阳红。

沉舟侧畔千帆过，病树前头万木春。

离离原上草，一岁一枯荣。

野火烧不尽，春风吹又生。

昨夜扁舟雨一蓑，满江风浪夜如何？

今朝试卷孤篷看，依旧青山绿树多。

或许，我们从这里悟得了一点中国人的人生哲学罢。

《假中示判官张寺丞王校勘》

元巳清明假未开，小园幽径独徘徊。
春寒不定斑斑雨，宿醉难禁滟滟杯。
无可奈何花落去，似曾相识燕归来。
游梁赋客多风味，莫惜青钱万选才。

与谁

因同路而珍重

无数青山隔沧海，与谁同往却同归？

吕本中的临终诗。有无限的哀婉，无限的感慨，无限的流连。此诗写归乡的心情。“往”，表达生命的前行，生命的开展。“归”，在这里是生命的终局。诗人面对无限的青山，却老病缠身，只能隔着渺茫的沧海，唱叹向往，而不能至。

如果单独看诗中的“资粮少”“事业非”两句，就会觉得诗人绝望得不得了，回首平生，几乎是一无是处。然而诗不可死于句下，如果是一个彻夜绝望的人，那是不大可能再有“无数青山”的美好想象，更不大会有“与谁同往”的无限珍惜的。最后两句，表明诗人毕竟是诗人，唱叹有情，哀而不伤。

“与谁同往却同归”，一个“却”字，转折而意味深长。

我也对与我同时代的人，常常有一份亲缘的感觉。人的世界恒河沙数，何其多矣！而我们，毕竟共有一个时代，共有一个天空，毕竟看到共同的图景，听到共同的声音，这是我们天生的因缘。与谁同往于无边的青山？诗人这一发问，有情有义。

然而，我们大家都是有限的生命，都逃不过生命的大限，因而，一旦我们开始感觉到生命的真正美好，开始理性地规划自己的人生时，却会发现我们已经为时不多，要往回走了。一起往前走是我们的亲缘，一起回家也是我们的宿命，在无限的自然面前，我们的有情生命，何等的渺小，然而我们因同路而珍重。

这两句诗，写出了面对美好、面对生命中同行的亲人与朋友，徒唤奈何的心情。

《海陵病中》

病知前路资粮少，老觉平生事业非。

无数青山隔沧海，与谁同往却同归？

几生

梅花的绝命诗

天地寂寥山雨歇，几生修得到梅花。

宋遗民诗人谢枋得的诗句。表达诗人要有梅花那样冲寒斗雪的品格，尤其是在万物萧条，天地死寂的时刻。

南宋亡国之后，诗人仍以大宋军官的身份，冒死抵抗元兵。宋兵被消灭之后，他仍改名换姓潜入武夷山，隐居不屈，苦志守节，于艰难危险的生活中，辗转山区十二年之久。元朝统治者为了收买人心，曾经多次征召他做官，最后甚至强行征入都城，诗人抗志殉节，以绝食而死。这就是他的绝命诗。

唐人喜欢牡丹，宋人喜欢梅花。“几生修得到梅花”，正是宋人的心声。宋诗的一个重要特征，即是文化精神的崇高境界。志士仁人，英雄豪杰，于宋末涌现，一代诗风有风雷之气。

《武夷山中》

十年无梦得还家，独立青峰野水涯。

天地寂寥山雨歇，几生修得到梅花。

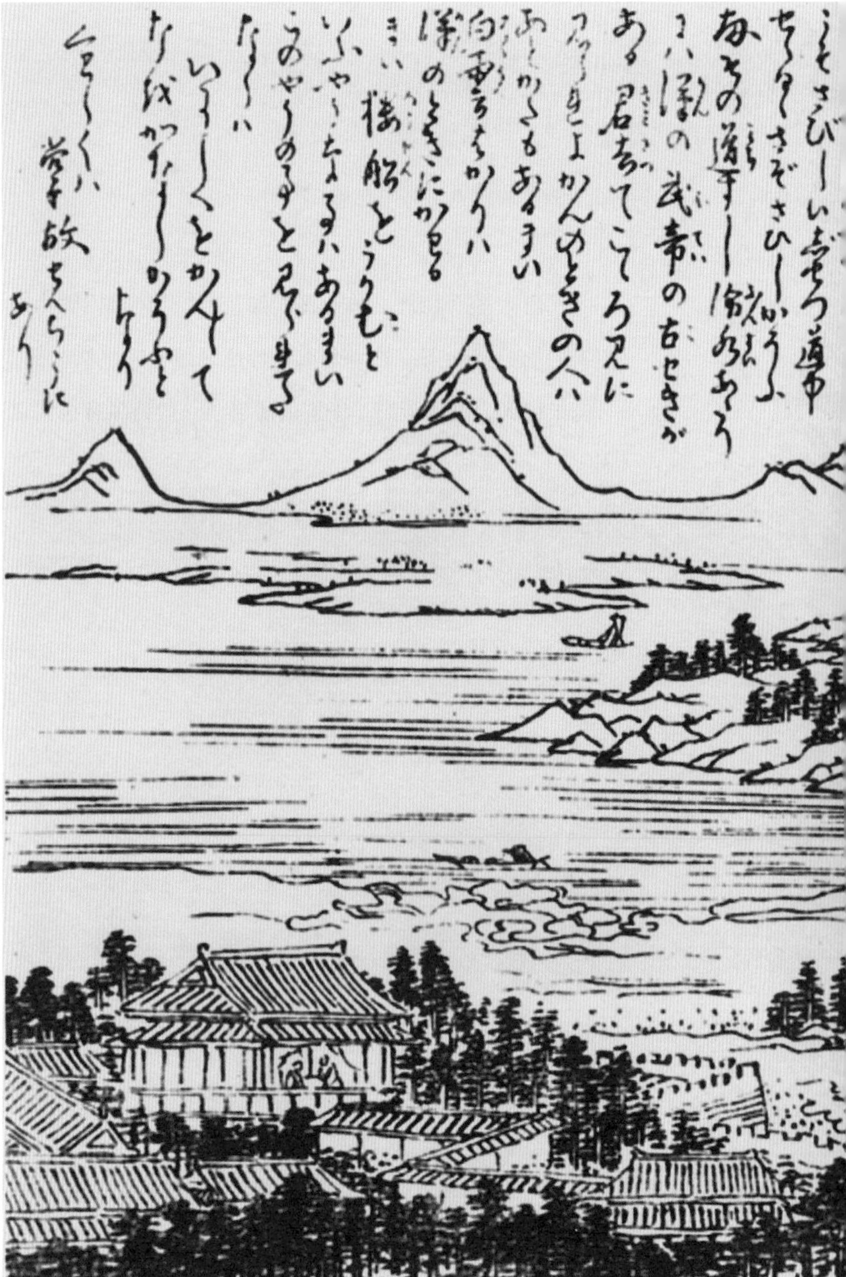

《唐诗选画本》，日本宽政、文化、天保间刻本

虢州後亭送李判官使赴晋絳得秋字　岑参

西原驛路掛城頭，客散江亭雨未休。
君去試看汾水上，白雲猶似漢時秋。

くわくしうごていにして りはんぐわんがしんかうにおもむくをおくる そうのだいなり

せいげんのゑきろハじやうとうにかゝる かくこうていにさんじて あめいまだやまず

きミさりてこゝろみに ふんすいのうへをみよ はくうんなをかんじのあきに にたらん

後亭とハ虢州のうしろにあるていのことなり

西原の驛よりうしろに山をうけて海道がある也

かうとゆうなり 江亭まておくつてきさ

暮潮

今古骚人乃如许，暮潮声卷入苍茫。

宋人韩淲《风雨中诵潘邠老诗》中的名句。这首诗有一个故事。潘邠老，即潘大临，以“满城风雨近重阳”一句成为宋代诗坛的佳话。潘大临有一天正在作诗，刚刚得一句“满城风雨近重阳”，忽然催租的人到了，诗兴大败，再也写不出来，于是只以这一句传世。宋代诗话中，从潘大临的这个故事可见诗歌感兴的珍贵罕遇，以及诗人人格的超诣不俗。

此诗中“今古骚人乃如许”，是说潘大临所代表的千年诗人传统，那么，这是一个什么样的传统呢？

无论是困苦潦倒，还是春风得意，都有着一种不已的壮心，感发的激情，这就是诗人的传统；面对美丽的风景，流转的年光，永远都有饱满的吟兴，爱美的欣趣，这就是诗人的传统；回首人生的旅途，又常常感怀已逝的年华，慨叹壮志未酬，这也是诗人的传统。

又洒然又执着，又热烈又感伤，又童心又苍老，这就是诗人。古今多少事，只有滩声似旧时。

《风雨中诵潘郊老诗》

满城风雨近重阳，独上吴山看大江。
老眼昏花忘远近，壮心轩豁任行藏。
从来野色供吟兴，是处秋光合断肠。
今古骚人乃如许，暮潮声卷入苍茫。

一 舸

长桥寂寞春寒夜，只有诗人一舸归。

宋人姜夔名句。有一年冬天，诗人访问苏州石湖的范成大，然后除夕之夜，乘舟回苕溪的家，途中写了十首绝句。我最喜欢的是这两句，何等的逸气。

牟宗三说过，什么是逸气？一种无黏滞无牵挂，通透、融化、洒然之气。

想象那个吴江的冬末，一叶小舟，静行于无边的夜色里，周围是云气、水气与雁影。

江南的冬天景色，被姜夔这十首绝句写得冰清玉洁。随处有幽韵，有冷香。譬如，“梅花竹里无人见，一夜吹香过石桥”，“分明旧泊江南岸，舟尾春风飐客灯”。

我最奇怪的是：冬天，雪未消，冰未融，水茫茫，树荒荒，形单影只，又是除夕在路上，为什么诗人写来，绝无凄凉落魄意味？

有两个因素是必要的，一是诗人所行之水路，是古代的吴宫，是诗与画中以荒寒为美的经典地点。所以，当诗人说“吴宫烟冷水迢迢”时，他已经沉浸在古典主义抒情化的情景中了。

二是诗人以陆龟蒙自比。晚唐诗人陆龟蒙，自号江湖散人，隐居在苏州一带，常携书、茶灶、钓具，乘舟浪迹于吴淞江畔，眼前一草一木，总是陆氏走过、见过。“三生定自陆天随”，姜夔从前辈诗人那里，找到了“诗人”的身份。

记得，1998 年，我独自一人，去登香港的太平山，我万万没有想到，因为有了上山的缆车，根本就无人步行上山了！一路上居然是阒无一人，偌大的一个空谷，自己听得见自己的足音！我的心里慌慌的，当时既希望能够遇到一个人，又居然有一点害怕碰到人！匆匆走了一个小时的山路，才到达了山顶，一点都没有闲情来自我陶醉。

香港太平山的后山里，一没有文化的香花旧草，二没有诗人的流风遗韵，而且还有点不安全。

今天想起来，“长桥寂寞春寒夜，只有诗人一舸归”，是有条件的，并不是所有的人都能享受的。

《除夜自石湖归苕溪》（其七）

笠泽茫茫雁影微，玉峰重叠护云衣。
长桥寂寞春寒夜，只有诗人一舸归。

失败的英雄

要离

生拟入山随李广，死当穿冢近要离。

陆游《月下醉题》的名句。正如诗题中的“醉”字所表示的，这首诗写得一副长醉不醒的样子。这两句也是悲歌感慨的情调。诗人其实一生都想为国捐躯，以攻城略地、光复故国的英雄自许。然而这一年，他却又被免官了。五十二岁的人生，眼看就是一副英雄老去的末路了。唱着唱着，就以李广和要离来象征自己的悲剧命运了。

李广入山，是指李广被罢官后，居蓝田山中，再起用，仍

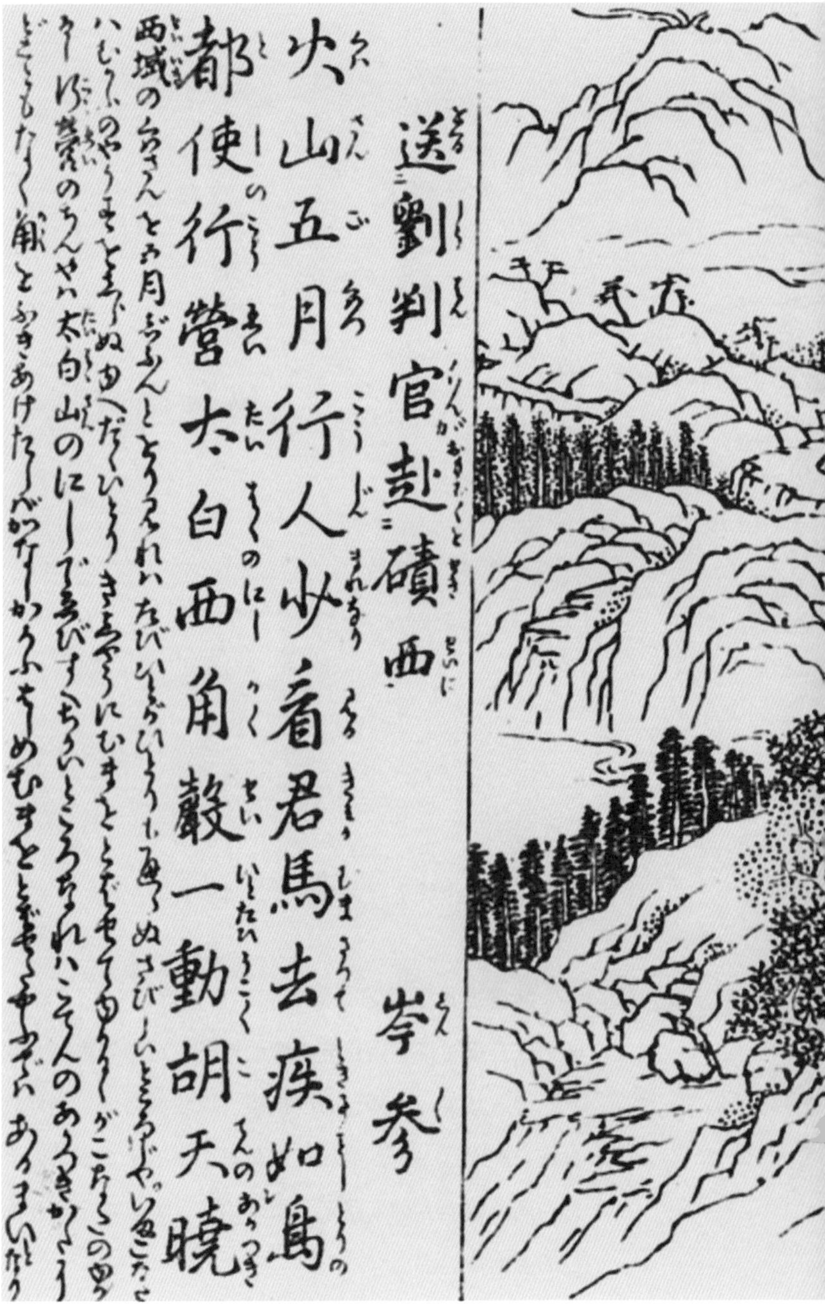

《唐诗选画本》，日本宽政、文化、天保间刻本

不得封侯，且被迫自杀。以李广的结局自比，是说自己一生的志向，正是向往“汉之飞将军”，为国屡建战功，死也是一天下共为之垂涕的豪杰。

春秋时代的义士要离，吴人，是身长三尺的侏儒。吴王阖闾害怕在卫国的公子庆忌谋变，于是伍子胥向吴王举荐要离，让他去行刺庆忌，说：“离虽侏儒，却有万夫之勇力。”要离这时刚刚折服了吴国的壮士椒丘祈，声名大振。原来在一次友人的丧席上，要离竟当众侮辱了椒丘祈。椒丘祈十分恼怒，准备到天黑来算账。要离回到家里，对妻子说：“椒丘祈余恨难消，晚上必来这里，你不要关门。”天黑时，椒丘祈果然来了。见门不闭，登堂入室也无人守卫，要离散发僵卧无所畏惧，椒丘祈于是上前用剑直抵要离脖子，说：“你有三条该死的理由，你知道么？你侮辱我于大庭广众之前，该死；你回家不关门，该死；你睡觉没有防备，该死。不要怪我杀你了！”要离从容不迫，说：“我有三条该死之过，而你也有三条不像人的理由，你知道么？我在大庭广众前侮辱你，你不敢说一句话，你不像人；你进我的门，不吭一声，登我的室，不打招呼，你不像人；悄悄上前拔剑就抵住我的脖子，还敢大言无惭，你哪里像个人？你可耻，你不像人，又还来威吓我，岂不鄙哉！”椒丘祈听了要离这番话，投剑而叹：“天下壮士也！”那时真正的壮士都把名声放在第一位，比生命还重要。要离是以他的胆力、沉着与光明磊落的汉子气，征服了椒丘祈。

要离最终没有能完成刺杀的任务，却伏剑而死，成就了他自己的悲剧命运。

要离与李广都是失败的英雄，中国的历史与文化常常表彰失败的英雄。

在古代中国，北方的壮士有荆轲，南方的勇士有要离。荆轲是八尺男儿，要离是身长不满三尺的侏儒。然而要离的故事同样惊心动魄，隐含着江南文化血性命脉的古老源头。

《月下醉题》

黄鹄飞鸣未免饥，此身自笑欲何之。
闭门种菜英雄老，弹铗思鱼富贵迟。
生拟入山随李广，死当穿冢近要离。
一樽强醉南楼月，感慨长吟恐过悲。

寒巷

由漂泊而安顿的一份欣慰

寒巷闻惊犬，邻家有夜归。

选自陈与义的《雪》。这两句与唐人刘长卿《逢雪宿芙蓉山主人》“柴门闻犬吠，风雪夜归人”有相同的主题，都写人在世上的漂泊无依。所不同者，陈与义诗更具体地铺陈了漂泊凄清的心灵体验，雪地、晚风、树林、宿鸟，都是诗人不眠的心境中绰约依稀的飘飞思绪的符号。后面则同样以“犬吠”“人归”表达由漂泊而安顿的一份欣慰。

中国古代田园诗、山水诗中的景物描写，很大程度上是由生命安顿而来的欣慰感、幸福感所凝成的意象。如这些诗中常出现的鹅鸭、牛羊、鸡犬、炊烟、茅舍。“邻家”“夜归人”，就是这样的美好意象。

《雪》

初雪已覆地，晚风仍积威。
木鸣端自语，鸟起不成飞。
寒巷闻惊犬，邻家有夜归。
不无惭败絮，未易泣牛衣。

忽于

闲上山来看野水，忽于水底见青山。

选自翁卷的《野望》。此诗写出理趣，写人生其实有多样的变化，有“有意栽花花不发，无心插柳柳成荫”之意，既不必在变故之中走上极端，也不必在功利中固执结果。另一首名诗是赵师秀的《约客》：

黄梅时节家家雨，青草池塘处处蛙。
有约不来过夜半，闲敲棋子落灯花。

这首诗主旨乃是呈现了一种雨天的情趣，即那大自然中静观的生机。其中也有理趣。即功利的、有目的的等待，反而不期然而然地得到了非功利的、无目的的“闲趣”，正所谓失之东隅，收之桑榆。

中国哲学其实最能懂得这个道理。可惜现代人已经全无知晓了。五四时要打破旧道德，建立新社会，要丢掉线装书，打倒孔家店，把“赛先生”和“德先生”看作是上山来看的野水，然而新道德不仅到今天都还没有真正建立起来，而且有走向五四的反面的态势。

《野望》

一天秋色冷晴湾，无数峰峦远近间。
闲上山来看野水，忽于水底见青山。

〔明〕项圣谟《王维诗意图册》，上海博物馆藏

窗前

有梅花的月夜

寻常一样窗前月，才有梅花便不同。

选自杜耒的《寒夜》。

唐代人的世界是生命激情的世界，虽然也有“晚来天欲雪，能饮一杯无”，但他们的相逢却多是在马上、客舍中或酒席，宋人则多在家里。宋代人的相聚，已经用茶换过了酒，平和、温情，也长长久久。宋人喝茶有煎茶、点茶之分，此诗中提到的是煎茶。

为什么寻常一样的窗前月，有了梅花就很不一样？因为那窗、那月，还只是一光秃秃的自然，而梅花已经是人文，有书与画的气息、诗人的意趣，而不再是纯自然的意象。梅花不仅象征精神生活的意趣，也指朋友。心灵的朋友就是有品格的梅花。有了朋友就有了不寻常的月夜，犹如国画的山水花鸟边上，还有了一首美妙的小诗。诗歌写出有朋自远方来的心情，同时也写出了宋人读书与交友的生活小景，亲切而深情。

《寒夜》

寒夜客来茶当酒，竹炉汤沸火初红。
寻常一样窗前月，才有梅花便不同。

唐宋诗语辞比较五题

小引

我十多年前曾撰文，从“以故为新”和“由法入妙”两个角度，讨论宋代诗学“尚意”的人文精神（《尚意的诗学与宋代人文精神》，《文学遗产》1991年第2期），然细致的诗歌作品分析不够，唐宋的比较不够。本文以细读作品的方式，比较唐宋，中心旨意是试图更多挖掘宋诗中的特色，即：凭借辞语新创，发现诗歌语言的筋骨；撷取人文意象，表达智性生活的魅力；关注现世人生，体现文化转向的内化，以及发扬士人优势，转化悲哀、开发理趣等，在已成定论的叙述框架中，不仅补充细部的析论与赏鉴，也更提出富有意思的线索，以深入了解中国诗学此一重要传统。

一、语句的筋骨味

1. 杨徽之《寒食寄郑起侍郎》

清明时节出郊原，寂寂山城柳映门。
水隔淡烟修竹寺，路经疏雨落花村。
天寒酒薄难成醉，地迥楼高易断魂。
回首故山千万里，别离心绪向谁言。

第二联，句法很有宋诗特点。动词带出一个很长的宾语。“水隔”带出“淡烟修竹寺”，“路经”带出“疏雨落花村”。对比“流水断桥芳草路，淡烟疏雨落花村”（唐人牟融《陈使君山庄》），这里的“水隔”与“路经”，饶有筋骨。动词偏“筋骨”，名词偏“丰腴”——宋人以筋骨胜，唐人以丰腴胜。——牟融诗多名词、偏情韵，却较板滞。

第三联，“酒薄”原是乡关之思的抒情传统中一旧有意象。

对比“酒薄吹还醒，楼危望已穷”（李商隐《访秋》）、“街东酒薄醉易醒，满眼春愁销不得”（白居易《长安春》），杨诗虽从唐诗里脱化而来，然唐人易醉，浪漫；宋人“不醉”，理性；唐人浑含，而宋人语言明白、对仗工稳，这也是有筋有骨。

惜结句不佳，较浅白。

2. 王安石《葛溪驿》

……病身最觉风露早，归梦不知山水长。

坐感岁时歌慷慨，起看天地色凄凉。……

此诗将浓郁乡思、天涯倦怀、病中凄苦以及深切的国事之忧，融为一体，并借萧条的天地之境来衬托，使乡思更浓，国愁更深。唐诗说“江间波浪兼天涌，塞上风云接地阴”，宋诗却化而为“起看天地色凄凉”，同是弥漫天地的忧愁，但更为写意，更为简洁。

比较每句的头一个词，所谓有筋有骨，即“身体意象”。唐人写诗很少如宋人这样露筋骨，多用自然意象来写作，感情含在意象中。而宋诗中更洗练，“身体意象”加密，增强抒情主人公的自我形象。宋诗瘦劲、直露、洗练，乏浑厚之气、深远之境。

3. 苏轼《澄迈驿通潮阁二首》（其二）：

余生欲老海南村，帝遣巫阳招我魂。

杳杳天低鹘没处，青山一发是中原。

本诗的诗眼是“青山一发”。后来成为远方思乡时的惯用词。元人陈秀民《邳州》：“青山一发见邳州，落日云迷故国愁。”程敏政《题小景杂画》：“青山一发海中央，岛雾昏昏拍岸黄。过客不堪肠断处，尉佗城下水如汤。”王士禛《与董苍水彭骏孙小饮》：“青山一发江南路。”汪琬《送林吉人归闽》：“青山一发东南陬，遥望征帆不可留。”以及曹贞吉词《木兰花慢》：“蘧庐不堪回首，望青山一发泪痕枯。”不胜举。“青山一发”有很美的感觉。思乡常有揪心之痛，而那种关山阻隔、望眼欲穿、缥缈悠然之意，亦使人心为之摇荡。从文艺心理学上讲，“缥缈”使人心灵颤悠，就像悬在空中，人的感觉被意象牵着走。（正如“大树”让人感受“向上”，“圆”则是内力澎湃的意象）青山一发，其意味又尖新，又要眇，既有筋骨，又有风韵，可谓合唐宋为一手。

苏轼在海南的境遇可谓九死一生，他在绝境中练就自刚、自强、自气的人格。尊严是生命的力量体现，值得注意的是，在

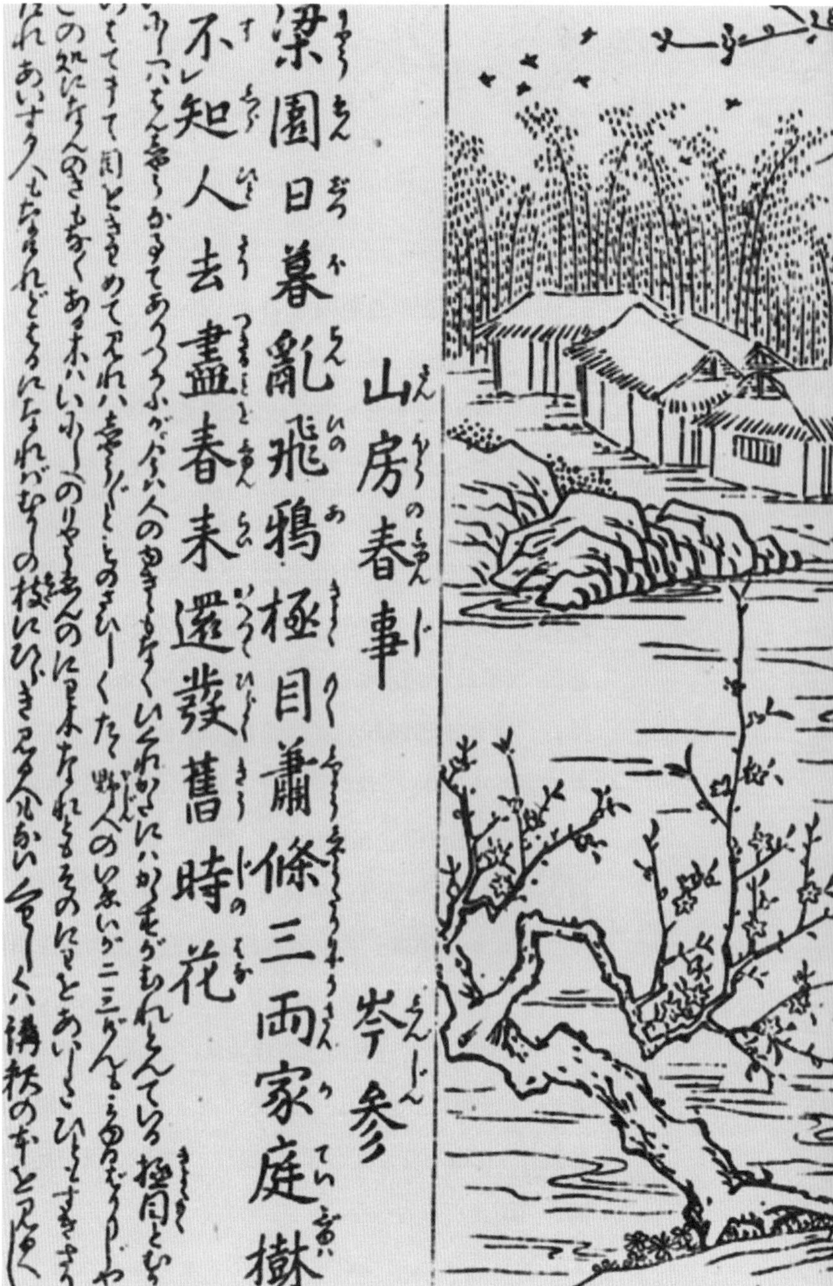

《唐诗选画本》，日本宽政、文化、天保间刻本

这首诗中，力量与柔情结合得那么好。诗毕竟是语言的艺术，这里显示出语辞的魅力。

二、人文生活的意象

4. 王禹偁《清明感事》

无花无酒过清明，兴味萧然似野僧。
昨日邻家乞新火，晓窗分与读书灯。

宋诗中最好的读书诗。试比较："借问酒家何处有，牧童遥指杏花村"（杜牧），何等的销魂，而这里是宋人清醒自信的理性气质："无花无酒过清明"且"晓窗分与读书灯"。一大早起床读书。书与火之意象——"以书为资粮，以文为火种"的隐喻贯穿其中，而一种优游涵咏于人文生活的情调，表现了清新明朗、自在潇洒的书生情怀。

一年之中，天最清宁，地最平静的时节，这里甚至不点火，有点斋戒的味道，又不那么太宗教。一切都从新开始，新的风景岁时、新的心情感受，以书为缘。请再参读下面两首宋人清明诗：

每年每遇清明节，把酒寻花特地忙。今日江头衰病起，神前新火一炉香。（孙永《清明》）

可惜韶光过眼明，一分流水二分尘。杜鹃声感客中客，蝴蝶梦飞身外身。一滴清明寒食酒，万家红杏绿杨春。斗鸡走狗非吾事，新火书灯谁共亲。（于石《清明次韵周君会》）

两首都是不要热闹的，有宋人气味。前一首是新火先从神前起，一种准宗教的心情。后一首是在“一分流水二分尘”的淡泊心境中，与书灯相亲。

宋人喜读书生活，青少年时代的读书底子，是人生无上的财富。更请参证：刘克庄《记梦》：“纸帐铁檠风雪夜，梦中犹诵少时书。”刘跂《学易堂作》：“老不任作务，读我少时书。”陆游《怀旧用昔人蜀道诗韵》：“却寻少时书，开卷有惭色。”陈造《客夜不寐四首》：“少睡更堪寒夜永，新来熟遍少时书。”——皆可见宋人少时读书集义的文化生活带来的人生底气与生命意义，“少时书”成为宋人的新经典。晁冲之《夜行》：“孤村到晓犹灯火，知有人家夜读书”。唐人骑马诗多，宋人读书诗多，亦可见唐代是“功名的社会，”而宋代则是“书香的社会”。

三、向内转的生命形态

5. 郭震《宿渔家》

几代生涯傍海涯，两三间屋盖芦花。
灯前笑说归来夜，明月随船送到家。

杜诗有云“灯前细雨檐花落”；晚唐的赵嘏有云“一盏灯前万里身”。这里的“灯前”意象传自唐诗，宁静而惆怅，表达思乡怀人。然而唐人漂泊，宋人安顿。试比较韦庄诗：“曾为流离惯别家，等闲挥袂客天涯。灯前一觉江南梦，惆怅起来山月斜。”宋人诗意，乃将唐诗之浪漫情怀转化而为一种家常、回归的母题、一种平实的情怀。不是一心向外寻求功名利禄，而是回归本心，从日常细处落笔，可作一“渔人晚归图”看。

又参陆游《早秋四首》有云：“世事本来谁得鹿？人生何处不亡羊。灯前笑向吾儿说，又过铜匜半篆香。”铜匜，香炉也。描写日常时间之绵密深细与历史时间之虚幻无常。那些兴亡事，都化而为灯前琐细的笑谈。何等的明觉，又何等的温暖。

生命形态的“向内转”是宋文化的特点。郭震的另一首诗《云》也写得好：“聚散虚空去复还，野人闲处倚筇看。不知身是无根物，蔽月遮星作万端。”“蔽月遮星作万端”之“作”——写云而实写“人”——批判、隐喻一种浮躁、形式主义的人生形态。“作”是“云”和“雨”，也恰是唐人的人生形态，“月”与“星”是生命的本真，是宋人要回归的具有根源性的人生形态。

然而，“几代生涯傍海涯”，将生命的全部与大海的全部“傍”在一起，又是何等的惊心动魄。如果没有那前面的“作”，那前面的“生涯傍海涯”，单单是一个明月里随船送到家，却也不是宋人的精神。因为那是没有“有”的“无”，没有“色”的顽“空”。宋人说的是绚烂而归于平淡，而不是没有前半生的绚烂生动，没有余情润泽的枯槁。

6. 苏轼《续丽人行》：

深宫无人春日长，沉香亭北百花香。
美人睡起薄梳洗，燕舞莺啼空断肠。
画工欲画无穷意，背立东风初破睡。
若教回首却嫣然，阳城下蔡俱风靡。
杜陵饥客眼长寒，蹇驴破帽随金鞍。
隔花临水时一见，只许腰肢背后看。

心醉归来茅屋底，方信人间有西子。

君不见孟光举案与眉齐，何曾背面伤春啼？

此诗中用了宋玉《登徒子好色赋》中的典故：惑阳城、迷下蔡，倾国倾城之美。“沉香亭”，唐代用进贡的沉香木所建的亭子，沉香木重而香，十分名贵，唐明皇与杨贵妃曾在此处赏景。孟光和梁鸿的平民故事，终成为一种反衬。

内在结构是贵族社会与世俗平民人生的对照，苏轼用真切朴实的世俗生活来否定宫廷生活的无聊空洞。他用大量笔墨描写形式多于内容的深宫美人，是为了作品结尾的否定。这也是赋的写法：曲终奏雅，前慕后讽，过程有相当强的迷惑性与游戏性。杜甫写《丽人行》，苏轼继之写《续丽人行》。对照而言，杜甫渴望进宫廷为官却不得志，某种意义上也代表了唐人对于大唐天子与权力人生无限权威的向往尊崇。苏轼将杜甫的《丽人行》翻案，推陈出新。苏轼超越了唐代知识分子生活的取向。依内藤湖南的观点：宋代社会平民兴，贵族衰。这个观点至今都不可动摇。但要注意的是，不是人民，是平民，是与贵族相对的概念，是精英式的平民，而不一味强调大众或精英。平民性，也包含民间性、人民性，但二者不可等同。宋人多写民间生活疾苦，以此来批判贵族生活。例如宋代名相寇准在一次宴会中恣意吃喝以后，还赏了一束绫给歌女，侍妾蒨桃看到后写了两首短诗给寇公，《呈寇公》是其中一首：“一曲清歌一束绫，美人犹自意嫌轻。不知织女萤窗下，几度抛梭织得成！”歌女代表了贵族豪华生活，相比之下，织女却不值钱。

宋诗的平民生活意味，可参以下诗：

（1）露侵驼褐晓寒轻，星斗阑干分外明。寂寞小桥和梦过，稻田深处草虫鸣。（陈与义）

末句特富乡间生活意味。尤可注意的是，在梦思的背景中，那稻香和着虫声的夏天的早晨，很美。

（2）一晴一雨路干湿，半淡半浓山叠重。远草平中见牛背，新秧疏处有人踪。（杨万里）

一派平民生活的情景。不像唐以前幽寂的山水，自然山水中，人的活动多了，也融合得很好。

（3）东风吹雨晚潮生，叠鼓催船镜里行。底事今年春涨小，去年曾与画桥平。（范成大）

范成大是苏州人，他将苏州生活写得很亲切。尤可注意的是，他对家乡一草一木那样的熟悉，连一线水痕，都那样在情在义。

（4）萧萧梧叶送寒声，江上秋风动客情。知有儿童挑促织，夜深篱落一灯明。（叶绍翁）

也是以民间风物、童年记忆，写出乡关之思的美丽与忧伤。

7. 郭祥正《金陵》：

洗尽青春初变晴，晓光微散淡烟横。
谢家池上无多景，只有黄鹂一两声。

这是一首典型的宋诗。谢家池是东晋谢安在金陵的山庄故址。王谢家庭是当时的贵族门阀，“谢家池馆”也早成了唐诗中表达怀旧与变迁的常语。这里点化了刘禹锡《乌衣巷》中“旧时王谢堂前燕，飞入寻常百姓家”的唱叹，张籍《感春》“远客悠悠任病身，谢家池上又逢春”的感慨，王涣《惆怅诗》“谢家池馆花笼月，萧寺房廊竹飐风”的幽怨，以及韦庄《归国遥》“日落谢家池馆，柳丝金缕断”的纤秾，而变为清新平淡。宋人化用前人诗句，用前人诗意，而转化其情调，即“点化”法。唐人尤其是刘禹锡诗浪漫、感伤，感叹人生无常。而郭祥正诗洗尽了怀旧与感伤，转入平实。宋代是个平民社会，这一点在此诗中可以看出。此诗之美，是将浪漫感伤转为清新淡雅。王安石晚年住金陵时非常喜欢这首诗，正是由绚烂而归于平淡。

8. 苏舜钦《淮中晚泊犊牛》

春阴垂野草青青，时有幽花一树明。
晚泊孤舟古祠下，满川风雨看潮生。

此诗从大处着笔，有春阴垂野之晦暗，满川风雨之动荡；从小处渲染，有幽花一树之组丽，晚泊孤舟之宁静。动与静、明与暗、大与小、今与昔，相互映衬，情意跌宕，因而气体浑厚，格韵高骞。

一只舟缓缓驶入泊湾，两旁是春天傍晚的景象。幽花、青草是郁闷晦暗的人生中的希望，而孤舟古祠，是守身、返本的自我认同，是从喧热中回归。

潮起潮落，是大自然的生命节奏，与日落、月出、雨过、雁到、木落一例。试比较唐诗：“褰帘待月出，把火看潮来”（白居易）；“山寺月中寻桂子，郡亭枕上看潮头”（白居易）；“借问浔阳何处寻，每看潮落一相思”（皇甫冉）；“春潮带雨晚来急，野渡无人舟自横”（韦应物），唐人或多寄相思，表怀乡怀人之情；而宋人或赏美景，表俯仰一世之意。

这首诗末句最有宋诗特点。“看”——以静观的心情意态，看宇宙、人世之风云变幻；于潮之涨落，体验宇宙生命，有天地之交感之气机。与唐人此类诗相比，显有不同。唐人浪漫多情，宋人静观多思。同样是看潮，白居易两首诗，前首是写一种兴奋激动之行为；后首则写风土节物之优美。韦应物诗中“看”是一种野逸之幽趣。而宋人已将唐人的情感化、审美化意象，转化为一种心性化、历史化的意象。

或可参证宋人其他看潮诗：“山巅危构傍蓬莱，水阁长风此快哉。天地涵容百川入，晨昏浮动两潮来”（赵抃《次韵孔宪蓬莱阁》）；“海浪如云去却回，北风吹起数声雷。朱楼四面钩疏箔，卧看千山急雨来”（曾巩《西楼》），皆有宇宙生命意识，写出豪杰气象。尤其是曾诗，诗人在暴风雨来临之前将东西南北四面窗皆打开，看千山急雨，体认山川、融入宇宙。

9. 黄庭坚《病起荆江亭即事》（其一）：

翰墨场中老伏波，菩提坊里病维摩。

近人积水无鸥鹭，时有归牛浮鼻过。

“伏波将军”马援，其人六十二岁还上战场；“维摩问疾”，是说维摩诘最得道的时候缠绵病榻，故而其弟子问道于其病榻前。首二句正是诗人写自己虽怀才不遇，仍可挥洒才情，好比文坛上的伏波将军和病维摩诘。言外之意，是自喜自尊。只有极富生命力的诗人，才会这样想象。“鸥鹭”是幽雅、闲静的文人生活的象征，是隐士人生的象征。白居易诗：“机尽笑相顾，不惊鸥鹭飞。”“波闲戏鱼鳖，风静下鸥鹭。”而“归牛浮鼻过”这样的写景却是从未出现过的，显得真切、朴拙、野逸。这是故意与唐人的写法对着干。诗歌以朴拙之笔法隐喻自己身边无闲人雅士可与自己相聊来挥洒才情，一如荆江边上无鸥鹭，唯留老牛。这样的写法体现了宋诗“以俗为雅”的特点。

四、转化悲哀

10. 欧阳修《戏答元珍》

春风疑不到天涯，二月山城未见花。

残雪压枝犹有橘，冻雷惊笋欲抽芽。

夜闻归雁生乡思，病入新年感物华。

曾是洛阳花下客，野芳虽晚不须嗟。

宋诗的特点是转化悲哀。这是日本学者吉川幸次郎在其《中国诗史》《宋元明诗概说》中提出的理论。唐人贬谪、流浪、放逐等题材的诗歌往往流露悲情，而在宋代诗歌中则经常转化为平和、理性和乐观。例如：苏轼的《前赤壁赋》，林语堂认为苏轼是“快乐的天才”，而李泽厚在《美的历程》中认为苏的诗中含有一种极度悲观，可以说是悲到无悲的境地了。李的说法不足信。

此诗乃欧公之名篇。贬至滁州、泯州之作。非但没有生命消沉，反而很能自我安慰、自我勉励。这与唐人贬谪诗之消沉传统大不同。雪中橘、雷中笋，以及夜里的雁声与病中的新年风物，写出生命力之不屈。“戏”答元珍，有洒脱、达观气息，写出诗人并未因贬谪而自弃。野芳以贬臣自比，不逊于牡丹——恰是宋诗之基调：“转化悲哀。”宋人也懂得悲哀，但能通过诗歌和哲学来加以调解、转化。请参证苏轼名篇《和子由渑池怀旧》：

11. 欧阳修《别滁》

花光浓烂柳轻明，酌酒花前送我行。
我亦且如常日醉，莫教弦管作离声。

此诗恰有宋诗两个特点，一是转化悲哀，二是脱胎换骨。即喜欢在前人成型的说法、词语、典故、抒情的类型上面做“翻案”文章。在本诗中“弦管”“离声”是固定搭配，特别在送别诗中已固定成为一种抒情套路。

《文选》中将诗歌分为十二类，其中有一类“祖饯”。祖，乃指祭祀；饯，指送别。古代人们在城边堆上土包，马车从上面驶过去以后，大家开始站立着喝酒，然后再唱诗、哭泣、分手离别。唐代六朝的这类“祖饯”诗，往往都是悲哀的。唐人也有特例，如“海内存知己，天涯若比邻”——表现的是一种年轻的心态，初唐诗歌的风骨。但更多的是：“江亭寒日晚，

《唐诗选画本》，日本宽政、文化、天保间刻本

酒泉太守席上醉後作　岑参
酒泉太守能劔舞
高堂置酒夜撃鼓
胡笳一曲断人腸
坐客相看涙如雨

弦管有离声。从此一筵别，独为千里行”（张籍），或“芳草灞陵春岸，柳烟深，满楼弦管，一曲离声肠寸断”（韦庄）这样的哀音。

欧阳修此诗乃是颠覆这种“弦管”“离声”的抒情传统。唐人诗一唱三咏，情韵悠悠，而宋人诗则转化为悲哀。

同是怀远离别，可参郭晖妻《答外》：

碧纱窗下启缄封，尺纸从头彻尾空。应是仙郎怀别恨，忆人全在不言中。

又参宋士人妻《寄鞋袜》：

细袜宫鞋巧样新，殷勤寄与读书人。好将稳步青云上，莫向平康漫惹尘。

二诗均为宋代女性诗人对身在远方的丈夫表达思念之情的诗篇。唐诗中女性寄外怀远诗，常有衣与鞋等物表相思，而这里却不像唐人诗中一种深情怀念。诗中仍有感情，但已变成了生活中平静的，带有理性的甚至是克制的情感。

前一首中对于丈夫只寄来一张白纸的行为，做了正面、伦理、理性的回答，并不责怪丈夫的粗心。后一首中“平康”是指平康里，是唐代歌妓女子最多的地方。“鞋”乃有和谐之愿望。（古时也有“鞋卦”，钱锺书《管锥编》有记载）这里的送鞋可以理解为表达一种理性的情感，道德意义上的情感。

五、理趣

12. 王安石《泊船瓜洲》

京口瓜洲一水间，钟山只隔数重山。
春风又绿江南岸，明月何时照我还。

“绿”字的用法在唐诗中也有用过，但宋诗却非常注重“诗眼”，即往往用一个字可以打开全篇，也是诗中最闪光的亮点，唐人多讲究全篇（意境、势、象），而宋人多炼字讲句法。“绿”可为此诗的“诗眼”。

更具有宋诗特点的，我以为是后两句。“春风明月”这一词语的用法。

值得注意的是，“还”不是还乡，而是指何时返都，即回到报国、报君的政治生活之中。表层意思，“春风”是美好的政治气候，“明月”是贤明的君主提携。因而，春风明月，是对重返政治中心的期待。春（清）风明月，在抒情传统中本来是指回归家园的、快乐自适的理想生活境界。如“三界横眠闲无事，明月清风是我家”（寒山《诗三百三首》），“明月清风，良宵会同……今夕不饮，何时欢乐”（夷陵女郎《空馆夜歌》），“明月春风三五夜，万人行乐一人愁”（白居易《长安正月十五》）等，而王安石这里却故意一反旧义而出新。春风、明月分开，分写时间地点，均代表人生中用世报国、发挥才能的美好理想。

相同的意思，不同的义蕴，这也是一种脱胎换骨法。

深层意思，更引申说，诗人不仅想象以后的政治生活中定会有“春风明月”的良机，而且在诗人那里，春风、明月更是宇宙中最美好常青的生命存在，有这样美好的景物在，人生便有根据。宋诗中，“清风明月”已成常语，多表宇宙恒久美好之证，如欧公“清风明月本无价”，山谷“清风明月不用一钱买”（《寿圣观道士》），王十朋“清风明月处处共”（《宿东林赠然老》），王质“清风明月万古长如此”（《陪林守游南湖月下歌》），以及东坡“江上之清风、山间之明月”（《前赤壁赋》）等，已成现成思路。唐诗中（如孟浩然的“夜来风雨声，花落知多少”和岑参“莫愁前路无知己，天下谁人不识君”）也有乐观的成分，但宋诗中这种乐观，乃成为有口号有套语、贯穿语言与信念的一种诗化信仰。

这样，这首诗就同时兼具了唐诗的抒情传统与宋诗之变化求新。

13. 黄庭坚《登快阁》

痴儿了却公家事，快阁东西倚晚晴。
落木千山天远大，澄江一道月分明。
朱弦已为佳人绝，青眼聊因美酒横。
万里归船弄长笛，此心吾与白鸥盟。

三、四句乃宋诗的典型。落木——千山——天，从小的空间扩出去到达宇宙的空间，有一种“客观构架”之呈露，有一种重新发现“理世界”的感觉。落木秋高、空江夜月，唐人诗中，要么表达悲哀的情绪，如“无边落木萧萧下，不尽长江滚滚来”，要么表达空灵的禅意，如“水寒夕波急，木落秋山空”（李白），“木落寒山静，江空秋月明”（柳宗元），皆多属主观抒情，不能见本见体。黄诗却是客观的、理性的，表现为对于宇

《唐诗选画本》，日本宽政、文化、天保间刻本

重贈鄭鍊

杜甫

鄭子將行罷使臣

囊無一物獻尊親

江山路遠羈離日

裘馬誰爲感激人

宙空间的构架化。千山／一道，表现出一种稳实恒久、固定不动的结构；而“远大”“分明”，更是以大白话、儿童话，呈示万化本然之初。

黄庭坚主张“夺胎换骨”。“落木”在此前的诗歌传统中是悲与空的符号，而宋代此诗便成为一个理性的符号。又如他的名句：“桃李春风一杯酒，江湖夜雨十年灯”，“桃李春风”二句大写意，给人一挥而就之感，将人生的感慨、对友情的慨叹等一网打尽。这样的句子唐人写不出。全诗不着抒情之笔，却尽显抒情之意。这是一种“厚重的抒情”。全诗没有一个动词，动词显得小家子气，而全用名词，则如钢筋水泥一样坚固了。此诗在当时已被称为“奇语”，也体现了宋诗的特点。

14. 王禹偁《村行》

万壑有声含晚籁，数峰无语立斜阳。

这两句很有名，许多选本都提及。钱钟书评此二句“反中显正”。山峰本不能语，此处却说山峰本能语，现在却不语。钱先生说这是宋诗很有筋骨的写法（《宋诗选注》）。但钱先生仅从修辞上说，似浅视之。譬如，故意先反一下常识，然后再反一下诗性，相当于我们先学小孩子说话，又反小孩子说话。此外，“无语”一词，极具诗性与哲理相通之义，仍有待发之覆。

试比较唐人诗句：“何事满江惆怅水，年年无语向东流”（高蟾）；“情多最恨花无语”（郑谷）。

“无语”有两大含义，义且相反（属于“喻之二柄”）：其一，一种说不出道不尽的深情浓意，一种含蓄表情。参高蟾与郑谷诗，可证。

其二，本来空无，色即是空（禅宗语）。如云“松下偶然醒一梦，却成无语问吾师”（李中《访章禅老》），表达“万物本然”之义，这不同于郑、高二氏诗例。

王氏这里用后一义，“无语”写宁静、洁净的山水。在此诗中，“无语”指“不需要语言的交流，与大自然有一种深深的默契”。这是宋诗中较早的禅诗写法。唐人也有此表达，在王维等人诗中常用“无人”“无人迹”等表达方式。然宋人以此“无语”意作诗极多，不胜其举。宋人似更为重视与自然纯直观地照面——超越了语言、情感的交流，极具禅宗特点。这样的交流方式，是人与大自然之间的、无语的、深深的交流，不是唐人的浪漫抒情。宋人常在山水中悟得“道”意，参看鲍当的《松江夜泊》：

舟闲人已息，林际月微明。一片清江水，中涵万古情。

中国诗发展到唐宋，大自然直是诗人心灵参禅的教堂。人心与大自然之美之间有重要的意义渠道，可以洗沐魂灵，安顿生命，点醒本真的人心。这一点，唐人有些诗的情感显得浅了。

2007 年 6 月 12 日改定

『幽雅阅读』丛书策划人语

因台湾大学王晓波教授而认识了台湾问津堂书局的老板方守仁先生，那是2003年初。听王晓波教授讲，方守仁先生每年都要资助刊物《海峡评论》，我对方先生顿生敬意。当方先生在大陆的合作伙伴姜先生提出问津堂想在大陆开辟出版事业，希望我能帮忙时，虽自知能力和水平有限，但我还是很爽快地答应了。我同姜先生谈了大陆图书市场过剩与需求同时并存的现状，根据问津堂出版图书的特点，建议他们在大陆做成长着的中产阶级、知识分子、文化人等图书市场。很快姜先生拿来一本问津堂在台湾出版的并已成为台湾大学生学习大学国文课的必读参考书——《有趣的中国字》(即“幽雅阅读”丛书中的《水远山长：汉字清幽的意境》)一书，他希望以此书作为问津堂出版社问津大陆图书市场的敲门砖。《有趣的中国字》是一本非常有品位的书，堪称精品之作。但是我认为一本书市场冲击力不够大，最好开发出系列产品。一来，线性产品易做成品牌；二来，产品互相影响，可尽可能地实现销售的最大化，如果策划和营销到位，不仅可以做成品牌，而且可以做成名牌。姜先生非常赞同，希望我来帮忙策划。这样在2003年初夏，我做好了“优雅阅读”“典雅生活”“闲雅休憩”三个系列图书的策划案。期间，有几家出版社都希望得到《有趣的中国字》一书的大陆的出版发行权，方先生最终把这本书交给了我。这时我已从市场部调到基础教育出版中心，2004年夏，我将并不属于我所在的编辑室选题方向的“幽雅阅读”丛书报了出版计划，室主任周雁翎对我网开一面，正是在他的大力支持下，这套书得以在北京大学出版社出版。

感谢丛书的作者，在教学和科研任务非常繁重的情况下，成全我的策划。我很幸运，每当我的不同策划完成付诸实施时，总会有一批有理想、有追求、有境界，生命状态异常饱满的学者支持我，帮助我。也正是由于他们的辛勤工作，才使这套美丽的图文书按计划问世。

感谢吴志攀副校长在百忙之中为此套丛书作序并提议将“优雅”改为“幽雅”。吴校长在读完“幽雅阅读”丛书时近午夜，他给我打电话说：“我好久没有读过这样的书了，读完之后我的心是如此之静……”在那一刻我深深地感觉到了一位法学家的人文情怀。

我们平凡但可以崇高，我们世俗但可以高尚。做人要有一点境界、一点胸怀；做事要有一点理念、一点追求；生活要有一点品位、一点情调。宽容而不失原则，优雅而又谦和，过一种有韵味的生活。这是出版此套书的初衷。

杨书澜

2005年7月3日